珞珈诗派

中国文联出版社

蛮蛮

康承佳

著

作者简介

康承佳

90 后重庆山城姑娘，
毕业于武汉大学。
湖北省第十四届签约作家，
曾获第三十六届全国大学生樱花诗歌
邀请赛特等奖、
青春文学“最佳青春诗歌奖”、
全球华语大学生短诗大赛“年度诗人”等奖项，
作品偶有发表，
散见于《诗刊》《扬子江》《草堂》《星星》等。

来源于珞珈山下的辽阔和深远

康承佳有机会出版她的诗集了，她让我写几句话作为“序言”。

她说，这是她的第一本书，非常青涩，也很笨拙。她还说，如果老师最近时间不是特别合适，可以随时拒绝，不要紧的。

我不能拒绝，我很想写几句话，记录她留给我的印象和阅读她的诗的体验，她是近些年来我身边的学生中诗写得最让我欣赏的一个。

应该是在她进入中南大学的第一年，我应朋友邀请，到文学院做过一次讲座，讲题是“唐虞之道”，讲述的是早期中国思想的发生。讲座结束，康承佳来到讲台上，向我作自我介绍，还告诉我，她们年轻的班主任正是我曾经带过的学生。

我记住了这个有着明朗笑容和爽快言语的女孩，感觉到她对刚刚进入的大学有着很高的信任和不一般的期待，而我一直渴望看到，却同时害怕看到这种信任和期待，因为我太知道不是由专业的力量而总是由别的力量主导着运作，也主导着价值标准的大学，包括一些享有盛名的大学，其内里其实是如何空虚，如何乌烟瘴气。

后来，在我的课堂上，我有时会看到从文学院串门过来的康承佳的身影，我和她聊聊读书，也聊一点不着边际的问题，譬如说，深情毗邻变态，道德始于坏，热爱诗歌是一件美好而徒劳的事，等等。

后来，她给了我一些她的诗歌习作，那些习作是我喜欢的，其中有我认为难得的清新的干净的元素。我没有熟思，就在课堂上把她的诗念出来，自己不觉得唐突，台下的学生似乎也并不反感。

大约两年后，还是在我的课堂上，有一天，康承佳抱着一幅装裱好的字进来了。她把这幅字送给我，上面写着："您给了我们一个无需宗教的信仰，一个没有乌托邦的未来。"

我问这是谁的话，她说："是您在课堂上说过的啊，我有听课笔记的。"

她告诉我，马上就要毕业，就请朋友写了这幅字，作为向老师告别的留念，毕业后她将去武汉大学读研。

我有点感动，也有点恍惚，转眼就四年了吗？小小少年居然就这样走出了青葱，看得出来，她是充满自信而且骄傲的，但也懂得"人情世故"了。

接下来，就是微信互动中，读到她在武汉的学业和生活，她新写的诗，她因为写诗得到的各种奖励，参加的各种活动，她的谋生近况。

自然，她此时的诗已经与当年在课堂上交给我的，不再是一个样子和分量了。有的我甚至都读不太懂，但仍然喜欢，仍然觉得她笔下的诗行，幽微而广大，结实而轻盈，含有"意外"的洞见，含有"属灵"的天真性情。

我算是学文学出身，但多年来热衷的是晚近时代中国思想者的精神变迁，自知对于诗歌并不专心，也不专业，不专业却一直存着一些关于诗歌的偏见，以为判断诗歌特别是汉语诗歌的好坏和高下，也需要有“非专业”的直觉和眼光，否则容易走偏，甚至指鹿为马。不仅因为如艾略特说的，文学就是文学，文学又不只是文学，还因为，建立在特殊的社会与文化水土之上的汉语诗歌，“不语怪力乱神”又总是很容易“高蹈远举”，成为一个阶层的特殊的自娱自乐，成为某种文化身份的装饰。无论栖身廊庙，还是走向山林，都难免作为内循环的自我囚禁的工具，以至工具决定目的，诗歌“进化”成一种特殊的语言系统，一种自我沉溺、自我戏剧化的生活方式，一种充满浮华气象、腐败气息的心理按摩，一种没有羞耻感的取悦或虚与委蛇的应酬应对，以至成为“台阁体”，成为陈陈相因的“宫词”，成为舌灿莲花、锦心绣口的“回文”。

我原来以为，新诗应该不会这样，因为它曾经的使命之一就是要打破那种阶层的文化的垄断与偏枯，打破那种越来越自我封闭的虚伪、僵固与颓败。但是，当整体社会文化结构和价值理想并没有真正出离传统的阴影时，我们同样可以从新诗中发现与旧体诗仿佛相似的行迹和品质。像古人一样熟能生巧地编织繁复的诗意和无聊的章句，如今的新诗从业者写几个晦涩的或者禅意盎然的分行的句子，弄几笔似花非花的水墨或者色彩，在这个工具发达、“文化”过剩、精神疲弱的时代，似乎已经不是难事。“盛世”多华章，只要你勇于作伪，善于做戏，就可以鱼目混珠，或许还可以因此赢得喝彩。只是从起点上，就不再有诗的含义，不再有作为艺术的诚实、单纯与圣洁。

基于此种自觉不免有点荒谬的偏见，我对新诗同样心存犹疑。如此，我更乐意以“业余”的身份和态度去观察它的生长与演绎，而我身边朋友的写作，包括自己学生的尝试，正是我热眼旁观的入口。

康承佳的诗歌写作，正像她的生活，才刚刚展开。从她对时空，对万物，对自我的感觉中，可以看出她的灵敏、锐利与别开生面，她的表达有一种特殊的真诚和贴切，同时显得出奇的辽阔和深远。这种大半来源于珞珈山下的辽阔和深远，与琐碎的生活和事物的日常，相生相克，构成一种突破性和超越性，带来奇幻和陌生感。

让我欣喜的是，她至今并没有被我们熟悉的宏大的浩渺的或者陈旧的世故的主题支配，也并没有被有关诗歌的玄学和自我矫饰的积习左右，她的世界还只是展开在她眼前的世界，一个给她带来特殊的冷暖、疼痛、伤情的具体的世界。从这里出发，她一定会呈露更多“属灵”的细腻天性，一定会拥有更多指向辽阔和深远的温柔感应。

孟泽

壬寅岁首草成于长沙烂泥冲文源街道

目录

1. 书寄禄森

2. 穹顶之下

3. 万物可爱

4. 乡关何处

1.

书寄禄森

日子暖暖

蛮蛮
书寄禄森

看样子今年应该是个暖冬
阳光一直很好，软软地抱着我们
法国梧桐枯萎得很辉煌，满树灿烂站在那里
像是在等谁回来，又像是在送谁离开

蛮蛮，回应天气，我们也应该很晴朗
可以做很多喜欢的事儿
种草莓、洋姜、菠萝，还有小西瓜
它们在并不对应的季节里，依旧用力地生长着
回答着这缓慢而精致的十二月

其实冬天已经很深了，还没来得及下雪
日子暖暖，应该穿好看的衣服，去见喜欢的人
是呀，蛮蛮，如果我们都是小狗，冬天见到你
我一定忍不住摇起快乐的小尾巴

无话可说的时候

蛮蛮
书寄禄森

出租屋很小，刚刚塞下一张床两张书桌
我们一人一张，各自学习、娱乐，做无意义的事情

阳光进来的时候，挨个儿地抓住我们
一一投放好看的影子，傍晚时候
风，偶尔也来，摇晃着窗子
把窗帘高高地扬起，又缓缓地放下
也亲吻我们，亲吻房间里的静物

晚上，有星星在窗外过河，慢悠悠地
我们晒着月光，时而谈话，时而沉默
无话可说的时候，我们也舒服地待着

默契的安静，安静的默契
赋予这个晚上以柔软、清澈和辽阔

奥特曼

蛮蛮
书寄禄森

蛮蛮今年二十五了，他从来不看小电影
只看奥特曼，这是我不能理解的
不就是光吗？
怪兽长得千奇百怪，奥特曼长得可可爱爱
简单的逻辑，简单的情怀
只不过用不同的故事去讲出来
最后好人打败坏人，正义得到伸张

其实我不能理解的
只是一个成年人对好坏的执着竟然如此简单

或者我可以理解，现实生活里
一个成年人对好坏的诉求，原来是如此困难

秋天了

蛮蛮
书寄禄森

蛮蛮，秋天就应该有秋天的样子
灰鸟临于水面，模拟白鹤起飞的姿态
夜色向晚，把我们的影子一点点加深

冬天有些近了，但并不妨碍夏天种的菠萝
又往上长了一寸，欢喜和寂寞各自为政

我跟你说起今天的晚餐、明天的天气、昨天厨房里
的猫
细细碎碎乱七八糟，好多天了，我们之间
的确没有什么大事可以发生

今天星光真好，嗅到风里带着梧桐叶落的香
江城的灯光秀被人群的热闹反复表达
我们站在天台，看星光和灯光的交错和摩擦

人间事

蛮蛮
书寄禄森

蛮蛮，今天小雪
人间的冬天我们已经历经了好多次
是不同的严寒，在向我们靠近
我从下午开始数窗外稀疏的鸟声
除了爱人，还有它们愿意为我掏心掏肺

炊烟已散，蛮蛮，故乡也已经远去
祖父的坟山杂草丛生，杂草顶着落日
让土地看上去不那么荒凉，也让我们看上去
像是有家可回

蛮蛮，我们从什么时候开始，把重庆命名为家乡
把家庭地址下意识写成湖北武汉
什么时候开始，回家变成了坐地铁而不是乘火车
我们已然领受了异乡赋予我们的惯性
在不同的时间刻度里，似乎我们依旧可以
找到命运的确数，并顺应地掏出体内的黎明

夜晚有梦

蛮蛮
书寄禄森

天空长满大大小小的星星，闪烁的
隐约的、不计其数的星星
星星不说话，抱着偶尔失眠的我们

小时候许愿，向着流星，红着脸
说出腼腆的秘密
后来也许愿，红着眼，讲述陡峭的心事

夜晚有梦，有无数的星群
接过我们体内的夜色
可以说的以及不可说的
都告诉给星星
星星似乎是闪耀的标点，截停了
我们不断加速的命运

下午七点

蛮蛮
书寄禄森

下午七点，你还没有回来，梧桐叶一落再落
腊梅的花期也到了，自顾自开着
天空很低，但是高楼很高，都稳稳地挂在窗外
只有池水静寂，抱着雪，如同这个傍晚温暖的注脚

父亲打来电话，说起母亲手术的进展
大雪小了些，风也小了，但生命中的风暴仍然不止
挂了电话，你发来微信，给我拍路上的流浪猫
猫猫在舔毛茸茸的小手手，认真地舔，仔细地舔
身外无物地舔，真好

你身后，雪落下，没有声响
无数的脚印埋在雪里
还有很多归家的人，也在路上

春天，你从郊外回来

蛮蛮
书寄禄森

春天，你从郊外回来
身上挂着油菜花放肆的味道
这让我想起小时候和祖父一起劳作
蜜蜂，也欢喜地跟在身旁

祖父勾着和芦苇一样的腰，一锄头一坑
种子就像诗歌一样
一行行排列，凶猛地生长
没多久，它们柔软的小身体却像刀锋一般
穿破厚重的土地，举着风
炫耀它们翠翠绿绿的小衣裳

我也是被祖父种植的植物，在重庆的乡村里
迎光生长，如今移栽到了城市
依旧沿袭当初的习性，喜雨、迟钝、爱晒太阳

偶尔，我会怀念西南山地的土壤，就像
喜欢你从郊外带回来的味道

呀！

蛮蛮
书寄禄森

我是爱你的，蛮蛮
天空以下，云朵为证
每一次喊你的名字，都能找到
欢喜的出处，幸福高悬在枝头
我叫你一声，它就应一声

一场雨，从我们认识的时候就开始下起
后来是雪，再后来是雾
它以不同的身份，无数次探访我们

蛮蛮，我想我是爱你的
多么危险而珍贵
像冬日午后的太阳，暖暖地落在身上
也像雷鸣后的风暴，带着赴死的决心

就这样，好多年

蛮蛮
书寄禄森

我总是攒着很多废话跟你说
比如阳台的草莓花开了，黄色的小花
细细碎碎的，很好看
比如邻居家的小猫，又生了几只小崽
长得随它爸，圆圆滚滚，柔柔软软
还有下午的天气很好，多适合
我们把被子抱出来晒晒
那些微小的事物总能维持静默的欢喜
在我们身上消磨一些无用的时刻
阳光穿过屋瓦，落下闪烁的光斑
我们无所事事地站着
和迟来的风形成默契的垂直关系
就这样站着，好一段时间
我们就用那么多无关紧要的事情
打发无数的下午。那些温暖的琐碎的心事
都给你一个人攒着。就这样，好多年

冬天

蛮蛮
书寄禄森

冬天，你的心事洁白，胜过初雪
我们重新阅读，重新认识磨刀石和命运
你看，门前石板桥，麻雀的步子和翅膀
都很轻，把昨晚落下的雪和谁的伤心事
都一一抚平。我们练习拥抱
聊起即将到来的风雪，以由近及远的逻辑
理解草木的排列。远方如此安详
我们也是同样的静寂
冬天了呀，亲爱的
多适合久别的亲人偶尔从梦中回来
多适合围炉煮酒，看黄昏一点点下坠
冬天了呀，多适合一切缓慢的事物
自顾自地摇曳

冉医生

蛮蛮

书寄禄森

下午，你穿越半个武汉从医院回来
手提患者的实验数据
和傍晚六点的光

你总是从核磁共振的成像结果
去理解疾病。并不理会
背后关于疼痛的描述
作为医生
你看得太多了以至于疲于向我解释
死亡在病人身上的偶尔试探

我跟你说起邻居家的狗、南下的寒潮
还有故人迟来的书信。你挨个儿回应
比起癌症或者病痛你显然
更关注平庸的日常

我懂的，生死都是需要反复练习的能力
只有琐碎才能克服
它们在你身体里泄露的重量

小日子

蛮蛮
书寄禄森

那时候，我们总爱谈论宇宙苍生
说起哲学与政治，不厌其烦地
在宏大的命题里寻找自身的对应

如今，我们喜欢小日子，话题离不开
超市打折蔬菜和母亲的病
时常聊起宿命落在一个人身上的哽咽

用力铺平苦难的褶皱，也偶尔失声
开始喜欢楼下新生的柚子
以及黄昏的温润。家国天下都太大了
我们回到具体的人

比如，喜欢你，像生活的缺口
不小心遗漏的小光阴

唯一的人间

蛮蛮
书寄禄森

雪在往大地一落再落
不知疲倦地描述着单一的白
腊月，多么适合怀旧的好气候
值得回忆一次又一次在清晨赶来

窗外炊烟变低了，因为风的缘故
弥散的姿态像极了一种情绪，说不上来
那早起的麻雀和晚睡的孤星一起
不厌其烦地把冬天讲了很多遍

雪地里有谁的脚印，隐隐约约
深深浅浅。冬天仿佛更深了
万物消歇，都拥有了沉静的归处
只有你，是我唯一的人间

我爱你新鲜的疲惫

蛮蛮
书寄禄森

先生，我爱你新鲜的疲惫
如同青苔绵软，收留了昨晚的雨声
你不曾告诉我的隐痛，都藏在
句子的停顿处，连日以来的阴雨
仍然不能阻挡你成为一个晴朗的人

冬天深了，大雪正翻山越岭赶来
掏空沿途寂静。对待万物
我们仍然手持相似的困惑
并不着急找到一个具体的回应

你看，阳台上，手种的草莓硕大
上面躺着你逗留的每一寸光阴
天空以下，万物都在不急不慢地生长
有风的时候，也悄悄轻盈

一定要晴朗

蛮蛮
书寄禄森

你应该
顺应好天气适当地交出心情
阳光好的时候，不妨晴朗一些

席地而坐，像父辈那样
挽起裤腿聊聊今年的收成
那些关于生活的倦怠
交给窗口的树、天边的云
交给云下群山去缓慢延伸

天气好的时候
我们的晴朗也是义务
像植被一样的本分
高高地亮着
照见彼此，也照见众生

是十月和所有的时间

蛮蛮
书寄禄森

蛮蛮，你总是让我想起美好的事物
比如浪赶江滩、风过珞珈
雨，不急不慢地在湖北落下
还有三月樱花腊月雪
身披桂香永远只有 23 岁的武大

蛮蛮，我无法想象比你更辽阔的人
你给我枝头杏子伞下江南
给我云朵和白鸟争相飞过的湖泊
以及湖泊上的倒影
给我混沌的刹那，也给我不断重来的夏天
偶尔，你还给我万物轻盈的瞬间和答案

蛮蛮，你是如此可爱而温暖的人哪
是山头暮色桥下青苔
你是头顶月色的由远及近
是指尖温度和心头暖暖，是日头
穿过法国梧桐打在身上的光斑，是我此刻
的慵懒以及下半生灿烂的溃败

亲爱的蛮蛮
你还是我的十月和所有的时间

下班回家

蛮蛮
书寄禄森

群星升起之前，日落坚持落了很久
关于美好的描述，有时候
仅仅只是某个时刻和时间的僵持

路上，人群拥挤盖过了万物疲惫
月光竟然可以如此具体，一寸寸逼近我们
风声终于有了着落，萧萧簌簌
帮我完成了对回家的描述

地铁里，听说有人离职，有人失恋
有人考研上岸有人久别重逢
好的不好的都杂糅在一起
完成对生活的补充。出站时
气温还是下降了，落在电线杆上的麻雀
应该比我先知道这一切的发生

致禄森

021

蛮蛮
书寄禄森

禄森，好久没这样叫你，不像先生的名字
有几分古典，也会有几分疏离

在整理旧物的过程中，翻出
过往的书信。每次，都以“禄森”开头
一字一句告诉你，日子
落在我身上时，每一个当下不同的模样
有关困惑、有关工作、有关母亲的病
但说得最多的还是珞珈山下的法国梧桐
多值得今年冬天，再去一次

禄森，你说多年后，我们聊起多年以前
我会怎样称呼你？是蛮蛮或者老头子
要不，还是叫禄森吧，每喊一声
阳光都会在你我身上卸下，2020 年初春
辽阔的样子

秋风过境

蛮蛮
书寄禄森

门前枯瘦的杂草，也有着
各自的名字。秋风过境
它们以季节的名义向我们俯身
有关谦卑的理解，你必须看到低处
看到一棵草对风的认真

不可否认，我们被万物偏爱着
那照耀过李白的月光也惠临了我们
关于秋天，为什么总是带着灰度的词句
每一个停顿，都不是它辽阔的部分

武汉的秋天，最是醒人
东湖的水，涨了又退，被淹没的水岸
如今，只留下隐约的弧度
多像是你我潦草的半生

给蛮蛮

蛮蛮
书寄禄森

晚饭后我们去江边散步
聊一聊日常。白柳乘着风
去了高处，月光喜人
照江水，也照我们

秋天的武汉，在夜晚尤其完整
渡船上人们逐水而归
游鱼去往了他处，你回头
西风也撞上了行人

席地而坐
你告诉我这里百年前的典故
身后那些古建筑，从来
不是故事的结尾
武汉收留了时光漫长的停顿，以江水的名义
在我们身体里，隐约发声

关于黄昏的描述

蛮蛮
书寄禄森

傍晚，我们在厨房做菜
把蒜切片姜切丝辣椒剪成小段
调料在不同的形状里找到自身的秩序
一道菜的时间，足以拿来
让我们以生活的名义彼此占有

今天的傍晚
像极了无数个傍晚
我侧过身，问你
今晚的粥吃甜口还是咸口
抬头，窗外的梧桐已经陷入
夜色部分

鸽子陪着我们守着寂寥的天际
麻雀站在枝头，争论着迟来的秋天
还有云，追着风无休止地赶路
而后百鸟归巢，拿出体内的热闹
照顾一所寂寞的城市

今晚

蛮蛮
书寄禄森

今天晚景尚好
月光，亮过了街道
被用旧的日子抖落满身灰尘
也露出明亮的部分
那些日常忽略的事物
也一一现身

先生，我们依旧沿着
古老的路径
在按部就班地生活
偶尔忍受病痛、离别
原谅生活加诸我们身上的清醒

我们总是在短暂的拥抱中
谈起永恒，比如此时
那赐予你温柔的晚云
正融入另外一朵
河流追赶着河流，沉下
心头的雾气

香樟、梧桐，欣然如你
用沉默的方式辨别星宿

预留了最干净的时刻

等待陌生人的

突然转身

我们，走成了一条路的局部

蛮蛮

书寄禄森

下班后，我去接你回家
黄昏里，人群依旧交织着
商业街的密度。他们头顶日光穿行
平铺着城市的模样
橱窗里打折连衣裙不知疲倦地
跟路过的女孩复述着早已过气的夏季
裙摆折叠处还藏起十八岁的天真
卖煎饼果子鸡蛋饼的商贩按照昨天的序列摆摊儿
襄阳牛肉面馆儿外，扑腾着几只迷路的苍蝇
我们沿着青岛路往回走
走成一条路的局部
用旧的事物默契地保持着暗淡
直到我们路过了它们

先生，你手植的向日葵

蛮蛮
书寄禄森

它们总是站着
以呼吸原谅暑热，影子
从光里逃出来
微弱的重量足以压垮
一只蜜蜂的前半生

你依然不能理解一些植物
从发芽到枯萎
它们手抓淤泥，心悬明月
做着向阳朝圣的梦
不厌其烦地长着，然后死亡
却可以保持星辰一样的沉默
热爱每一个黄昏

你身披晚霞回来
给它们浇水、讲故事
像是照顾一个小朋友
又如同从它们身上找回
你早已失散的夏天

我们在夏天种草莓

蛮蛮
书寄禄森

那些藤蔓匍匐在地，疯狂扩张
探索着更危险的边界

于是，它们就这样肆无忌惮地绿着
与落日彼此陷入长久的对视
决意把生命，献给那些无关的人

像是一种报复
也像是一次对谁的补偿

我们在夏天种草莓
收割城市方圆 0.5 平方米的领地
不着急开花，在不熟悉的季节里
掏空它们对生长的耐心

起风时，它们也会随风摇曳
拥挤的绿色在此刻突然有了层次
像是生命在低处，小小的战栗

当暮色掩埋了房顶

蛮蛮
书寄禄森

七月，闷热的午后
一场暴雨归还了海水的翻山越岭
被冲刷的马路，沿着水流
向外延伸

雨后的阳光尤其透亮，尤其干净
车流、人群、店面和商铺
都足以构成阳光缓慢的阴影

有人在此刻
读弗罗斯特与卡尔维诺的选集
有人推着小板车穿过马路
卖空心菜、土豆和西瓜
都是一块五一斤

麻雀在头顶，热议着闷热的傍晚
先生，暮色渐渐掩埋了屋顶
我们在七月的瓦片下做饭
黄昏柔软，我们也是它柔软的部分

我们偶尔交谈

蛮蛮
书寄禄森

坐在草地上，我们看隔岸灯火跳动
看灯火下拥吻的情人
城市逼迫着水声往返，敲击着
月光的阴影，恍惚有回声

像以往那样，我们偶尔交谈
聊起沉默的星辰或者
那些被生活收割的母亲
听，风在高处奔涌，谈论着
陈年的秘密

请相信我
我甚至了解每一次风声的浩荡
那轻盈，折叠过历史，也折叠着
此刻的我们

七月，我们变得辽阔

蛮蛮

书寄禄森

七月，应该有七月的样子
八毛钱一斤的西瓜
祖母的蒲扇，以及玉米丰收时
父亲肩头的汗渍

七月，像你看到的那样
阳光很亮，风很轻
每一颗星星都很具体
蛙声和狗吠在一起，特别好听

我们总是在七月变得辽阔
舔着绿豆雪糕看稻子疯长
干涸的田埂上，也可以
杂草丛生

夏天，我们去江滩看浪

蛮蛮
书寄禄森

法国梧桐托着绵软的云
灰鸟飞过，身影比云朵更轻
水上漂着高楼，漂着南方
还漂着一些故事的过程和起因

你拉着我，穿过人群去江滩看浪
看沙石借水位埋身
你说，城市的可爱和慵懒
应该配孩童，配老人
配无所事事的我们

你忽然转身问我
还能想到什么比夏天更盛大
不能说的秘密，也在这个时候
悄悄发声

情绪

蛮蛮
书寄禄森

我们本应该八月去东湖
顶着日头，任汛期的潮水没过脚踝
蛰伏在枝头的知了也热得倦了
抬头，看风浪在珞珈山脚下沸腾

八月应该是一种触觉
褶皱里充满了流水的前半生
情绪，我想应该也是一种液态
随物赋形

到后来，八月
如同一首诗在纸上搁浅
只剩下一些失散的词语
和不被打捞的阴影

八月，没有什么必须去完成
除了那些亟须回应的爱
等待我们启齿。就这样
你我看着对面陡峭的岸和来往的人群
等远山和落日相连
流水远去

最后
035 其实什么也没有发生

蛮蛮

书寄禄森

盛夏的江城

蛮蛮
书寄禄森

先生，在七月，江水漫涨
漫过石阶、道路，还有梧桐树根
杂草和浮木追随着流水随遇而安
云卷云舒，都有好看的倒影

你的眼睛，收留了天空的晚云
像是美好事物坠落时的冷静
我想，你应该比较喜欢缓慢的事物
就像此刻，你看到
那翻山越岭的流水抚摸着江城
空气里，还漂浮着泥土被打湿的香味

月光，到你我身上为止

蛮蛮

书寄禄森

在南方，你总是拥着潮湿的睡意
慵懒地躺着
像一个被生活怠慢的句子

像往常一样，你给我慢慢讲
回家路上医院外草地的新绿
给我讲，实验进度，还有
患脑癌的被试
以及同样被日子搁置的它们与他们

我接过话茬儿，跟你说起
下午我买了打折的水果、当季的蔬菜
还有爸爸痛风的膏药
断断续续地，沉睡中，你还有所回应

就这样长久地躺着
月光，抱着我们
听你的鼾声
漫过干净的屋顶

雨停了

蛮蛮
书寄禄森

蛮蛮，雨停了
泥坑里的积水，盛满月光和虫鸣
我喜欢在雨后长久地想你
如同放任一场雨
在身体里远行

也是雨后，蛮蛮，法国梧桐抽芽了
幼芽里装着二球悬铃木的典故
可爱的样子，就像你拉着我
站在洞庭路天桥下讲述它的一生

我想我是爱你的，蛮蛮
就像你总是递给我，事物的漏洞
与完整性。我经由你的目光
去抚摸万物的轮廓以及暖意，发现
我是你身体倾斜时不小心泄露的颤音

此刻

蛮蛮
书寄禄森

像极了无数个夜晚
周末，屋子外下着很大的雨
那些闪耀的街景，也富含水汽
隔着雨看城市，似乎更近了一些

我们蜷在屋子里
和肥肥的猫窝在一起
在它起伏的鼾声中，我们偶尔交谈
偶尔静默，飞蛾在言语的停顿中
捕捉着光影的下落

世界仿佛很大，我看到
雨水都无法复述它广袤的轮廓
世界其实很小，你说
只是我们方圆十八平方米的侧卧

我的冉先生

蛮蛮
书寄禄森

门边青苔渐生，雨后
又有好多小家伙在生长拔节
你看，生命总是在低处，和我们
遥遥呼应

蜘蛛网被房子的漏水打了个洞
于是，它去了旁边织网，多像祖母
老是在缝缝补补中咀嚼
对生活的耐心

你骑着小电摩从实验室回来
身披雨水，多像
宋词里被打湿的那一段抒情
偶尔，从你身上看见祖父的样子
他带月荷锄归，打开老屋木门的那一刻
会从兜里，给我掏出
几颗落地的泥花生

李子成熟的时刻

蛮蛮
书寄禄森

除了芒果，我偏爱李子
这是你对我的了解
一些久埋于生活的细节成了
我们的默契。下班回家
你总会绕道去水果店买刚上市的李子
逐一挑选，脸上挂着认真和开心

我想，李子也应该藏着
枝头摇晃的心事
那穿过季节来自泥土的肉体
带着静寂的修辞
多像你，无须言说便值得
被温暖与丰盈追认

李子守着它清脆的轮廓
果肉里有六月重叠的雨声
我们，在李子成熟的时节里相爱
每一寸靠近，都接近清甜本身

禄森

蛮蛮
书寄禄森

喜欢你干净的笑
有早春山头青翠的样子
蝴蝶效应柳暗花明芳草萋萋
都装进了你的眼睛
还有，那玫瑰带刺的部分

我们在三月里遇见。从此
人间都是春天
风，一寸寸地复述
茅草的摇曳，蚂蚁搬家
都足以撑起一片山峦

阳光落下来的时候
万物可爱
你看浩浩荡荡的油菜花啊
细细地碎，天空，认真地蓝
我们也认真地喜欢，好多年

散步

蛮蛮
书寄禄森

晚饭后散步，去往熟悉的江滩
渔歌扬起的桥头，微风
是我们唯一的动态

偶尔撞上季节的反复，你裹了裹风衣
跟我说起过去的人和事儿
河岸的背后
高楼与遥远的星辰相连

群星覆盖的土地，你知道的
是我们的过去，现在以及可能的将来

蚂蚁在脚边扛着一身月光，不停地赶路
我们总是从身边事物找到自身的对应
就好比这只蚂蚁，它应该不知疲惫地
还会徒步走上好些年

听水声，摇晃着两岸，恍惚才是片刻
却已经过了很久时间

傍晚过后

蛮蛮
书寄禄森

你说，得有多干净
才能配得上黄昏时夕阳的坠落

落日抚摸大地，晚景尚好
麻雀踩着自己的影子
热议着人群中最孤独的那一个

南瓜藤还昏睡着
任黄色的花蕊收留蜜蜂和蚂蚁
植物，终究对世界保持着
最温和的善意

夜色慢慢爬上了湿草垛
还没等你唱起祖父教你的歌谣
一些凉意
便攻陷了我们

长风暖

蛮蛮
书寄禄森

日头真好
所照见的万物都在闪耀
如你所见，午后
天空是如此地贴近地面
贴近生活，慵懒在这一刻
长久地被允许，被拉长

像鸟声隐于丛林，游鱼溺于
湖面的漩涡，此时此刻
有无数的消失在催促我
唱起那些久远的、儿时的短歌

长风暖，充满温和的意志
夏天在这里照顾着远山近水
照顾着日月和星河

所有人，都怀着善意拥抱、交谈
讲述起谜一样的五月
法国梧桐在枝头代替我们
悠悠地晃着

硚口区

蛮蛮
书寄禄森

雨水睡在青年路上
地铁，已经在脚下过去了好几班
道路两旁的法国梧桐已经挂果
站在高处，看着你我
几只飞鸟横过
背后的天空，任性地辽阔着

我跟你说起
我是如此热爱庸常的生活
像是弱者的坦诚，又像是
强者的自述

左手边，新出锅的板栗还冒着热气
卖柚子蜜橘的吆喝早已盖住了风声
不管怎样，初冬
没有任何时候比这一刻，更靠近我们

起风了

蛮蛮
书寄禄森

你总是喜欢
给我指认植物新结的果子
借助形状给它们
取一个好听的名字

大树向暖，身披十月的气候
你牵着我，一个一个地数
那些掉落的果实
眼里装满了过熟的秋天

我总是试图理解
你所好奇的一切事物
不急不慢地去拆解和重组
植被最底层的关系

呆住的那一刻
阳光顺着树杈漏下一些细碎的光
起风了，树叶摩擦着树叶
发出好听的声响

五月将尽

蛮蛮
书寄禄森

信纸开头，依旧是以往的称谓
告诉你，多雨的南方
水汽浸满我笔下的谓语
动词还是带着惯性说
我很想你

没有提及的，是风的语速
它比我们都要快，赶在六月之前抵达
打开临街的窗户就能够把广场上孩子的哭声
还给他的母亲

日头，一直往北赶路
途遇花香、流浪狗和卖唱歌手
美好的事物，都会帮我们
把夏天打开

肥肥胖胖

蛮蛮
书寄禄森

想你的时候，四月有些慵懒
小橘猫像熟睡中的被角
胖胖地蜷成了一个不规则形状
它把自己埋在光影里
不再过问途经它的人群

天上的云
也是肥肥的，这种肥
像是橘猫的一种
花了整整一个下午
才舒展到薄薄的一层

有些心事，也被叠得厚厚的
日子好的时候
会拿出来晾晒晾晒
就像这一刻我说想你了
橘猫在云朵下
突然完成了肥胖笨拙的翻身

看电影

蛮蛮
书寄禄森

故事似乎到此结束了
你跟我聊起主人公的心事
以一个旁观者的口吻
你口齿间溢出的兵荒马乱
牵引着月下的潮汐

我怀抱一种速度，试图
借银幕中的节奏去懂你
可你我却像是在水边失足
拖着没过脚踝的水汽相互争执
话语间，暮色淹没了
风声和一些虚词

我们终于回到了现实生活
来回思考晚饭吃小面还是喝粥
你躬身进了厨房，朝我浅笑
戏说九月，秋天很盛
胸前可插桂花，也可插茱萸

四月，在武汉

蛮蛮

书寄禄森

你喜欢的樱花谢了，在珞珈山上
铺开一地明媚的光影
从上往下俯瞰时
料峭春寒中，还有枝头在打颤
抖落了四月没有说出的隐秘
我本该沉默的
通过雨声完成四月的省略
东湖又在夜里涨了几分
想必这一刻
不用借风势就能没过脚踝
湖水拍岸毋庸置疑，必定是好听的
像爱人在左耳边的私语
痒痒的
是触觉，也是听觉

你不知道的，先生

蛮蛮
书寄禄森

我还记得早年的旱季，月亮先于我们说出
草垛的隐秘。捉迷藏的孩子也不急于回家
守着月亮爬上屋顶后又爬上头顶
那时候木桥还是好的，能承载
父亲担着百多斤谷物在上面来来回回

我们不用在城里买房，祖父留下来的屋基
每到春来都是草色入帘青
每一户人家都拥有足够的土地
春夏秋冬可以种植不同的粮食

即使旱季，河流不再经过村子
但我们依旧可以沿着河床
找到日落和大地

写信

蛮蛮
书寄禄森

穷途不哭
给爱人写一封长长的信
这是迄今为止我所能想到的
安慰你最好的方式

四月了呀，先生手叠的向日葵
依旧朝天长着，偶尔遇到
阳光熟透的时候
就能够投下很好看的光影

日子给你的，总是清晰可辨
好的坏的都陷在身体里
拿起笔，你却不知道从何说起
只是写到四月武汉多雨
湖北清明，杏花落得满地都是
论及窗台丑橘开花以及多肉发芽
你总是满满当当的兴致

说了好多话
只字不提——我很想你

闲聊

蛮蛮

书寄禄森

你席地而坐，给我指认你儿时溺水的湖泊
并告诉我关于水的认知，你有过两次
一次是在这里，险些丧命
另一次是来自被父亲家暴后母亲的眼泪

你说话的时候，目光平静如水
我很难在沉寂的身后发现任何具象的东西
我也在你左手边坐下，告诉你，我曾经
在一首诗里读到过雨水，它不磅礴，也不辽阔
只是永无止境般的漫长，没日没夜地在六月里下着
让我误以为，雨水就是整个南方

和先生聊起雨天

蛮蛮
书寄禄森

四月，我们在两个省份里坐着
同一场大雨簇拥着我们
窗外都是风声，这是彼此相互深爱之外
存在于我们之间最大的相关性

其实给你准备了晚安故事
米兰·昆德拉的《不能承受的生命之轻》
故事本身其实并没有名字那么好听
但是今天你要早睡，于是，我把故事挪到了明晚

互道晚安，说起雨水，口齿间带着相似的温度
任水汽沉沉地陷入湖北和重庆
夜色的轮廓沉默而坚硬，雨落下去，砸在日子里
滴滴，都有回声

确定

蛮蛮
书寄禄森

喜欢你是确定的，像昨天阳光一样明朗
干净透彻，不带忧伤
穿过层云和老树的年轮，把影子带到地上

今天雨水也是确定的，一阵接着一阵
覆盖着城市的轮廓，驱散了回家的鸟群
落在了走廊

我们之间距离也是确定的
像昨天和今天的交集
雨停以后，风还在断断续续地吹
花香呜咽，层层叠叠地堆着
赶路人不小心踏过，鞋底
便带走积攒了一个春天的香

说好的

蛮蛮
书寄禄森

先生，春天已深
靠近你的那一部分绿得很透
你说你会在四月回来
身披重庆的雨雾
搭高铁，穿过群山

我和词语都保持着自身的克制
写信的时候，都只是说起
湖北断断续续的雨
晚风依旧很凉，带着油菜花的香

城市总是在仲春用力地开花
窗外已经从桃花到了玉兰
让我忘了在冬天它们本来的面目

那时候，我们牵着拿铁和糖豆
一起穿过街口广场
看枝头枯瘦，深陷在北风里
等武汉的雪天

去信

蛮蛮
书寄禄森

来信都收到了，禄森
我攒了很多话想跟你说
去年冬天马路左边的胡豆苗
在早春长得很茂盛
邻居家收留的流浪狗
已经成为三个孩子的母亲
广场上阳光很饱满
真适合与你一起散步
我总是急于告诉你
南归燕子的姓氏
告诉你灌木丛里杂草的别名
禄森，还想跟你说的是
如若你种的小番茄还活着
今天在阳台上
肯定又高了几分

喜欢

蛮蛮
书寄禄森

总是想给你，落日的疲惫与绝望
多么像你，充盈着决绝的骄傲与孤独
不远处，垂柳的影子亲吻水岸
你看，落日熔金，伴随着五月栀子的馨香
如同一次轻柔的铺垫。多适合我们，交浅言深
但我终究还是没能跟你说起，直到夕阳的光线
不断拉长我们的距离。你没有回头，自顾自走着
像是一种拒绝，也像是一种应承

你沉默的样子

蛮蛮
书寄禄森

月光皎洁，不在意我们谈论春风的次数
比起在人群中第一次遇见
更期待我们阔别多年的重逢

尤其喜欢你沉默的样子
如同雨水在午夜交出
桃花的姓氏，迷雾般的
花香都在此刻完成了转身
又一次和你走在乡间的小路上
脚印，带着泥土的吻痕，错序地排列着
你说，此刻像极了南方的春天
我说，我是如此地爱你
就像爱大地万物的一种

想你

蛮蛮
书寄禄森

想你，必然是寂寞的，此时下雨最好
如同向季节交付一种潮湿，随风，向北浩荡
写信告诉你日子的细碎。邻居家的狗走丢了
对于主人，像是中年丧子一般的残忍

不如饭后出门看云，看停靠在天边的寂寥
一些光线总带着轻薄的善意
高粱骨架脉络分明地长着，冲着山谷，炽烈喊叫
白云俯身饮水，整个村庄都躺在湖面，碎碎地摇晃

想你，必然是隐秘的，此时下雪最好

告诉你

蛮蛮
书寄禄森

我总是急于表达，急于在雨后向你交付
隐秘而潮湿的感受。告诉你，楼下玉兰开了
大朵大朵地撑开那些饱满沸腾的情绪

再往前走几步，麻雀筑了新巢，日色变暖了
带着湖北水性的善意

想一个人，就像爱远山无名
隔着邈远清瘦的雾气，托付大地和鸟影

远在武汉

蛮蛮
书寄禄森

离开的第二十六天，天气大好
已经足够成为一件美好的事情
我依旧陪你念书、写信
隔着大半个中国
如今，我们努力地活着
像河流，穿越自己的身体
走每一步都将以远山的名义

我们聊《鼠疫》，也说起
《人间失格》，偶尔桃花开了
开得并不繁盛，并没有短视频那样拥挤和沸腾
风一过，我寄你以花香
寄你，以一棵桃树的命运

给你写信

蛮蛮
书寄禄森

依旧习惯给你写信
在窗口，点台灯，用钢笔
挑你喜欢的明信片
一字一句碎碎念
把微信能够讲完的话
再重新掰成好几瓣

偶有小雨，偶有暴雪
时不时还会被你的消息打断
写信时，樱花轻逐流水
落叶追赶秋风，法国梧桐
漫不经心地飘絮也
在此刻显得与众不同

世界在缓缓缩小，回收
短暂得，有似你的一声回应
有风穿过杂草，将恒星惊落
我摁住迷路的月光扣留在最后一行
结尾处，印泥盖上“书寄禄森”

我们种植

蛮蛮
书寄禄森

至少，老树的年轮是新的
用旧的生命终究学着
在春天里返青
季节就是这般，藏着
生和死的真相和悖论

先生，你我也一样，从播种
开始练习对生活的热爱
细碎的过程让你我变得勇敢
暮色拥挤，到底会覆盖
那些草木伤怀，你无须察觉
一个中年人的热泪盈眶

我们当然可以，保持
适度的悲观，雨天清澈
阴天深沉，偶尔起风的时候
便是一种悲悯或通透

去见你

蛮蛮
书寄禄森

日光轻柔，缓缓削减那些坚硬的事物
猪笼草和捕蝇草都争相走向茂盛
故事，不必回到多年以前说起

迷信温度的早樱又一次点燃珞珈
东湖又绿，拦住急于赶路的雁群抛下的
一些旧事和投影

我必定会在三月前来见你，带着南方新雨
看春天在你身上，一点点撞开
那些绚烂和暴力

禄森，你知道的

蛮蛮
书寄禄森

北风做客湖北，这时候多适合怀念故人
从身体底部抽出你我的虚荣和脆弱
善待，那些忐忑与一事无成

黄昏给了植被单薄和沉默，我们都在其中
借一种液态的情绪，从事生活

禄森，你知道的，日子，终究会被用旧
万物从没有停止思考和荒废
禄森，必须这样，你要按照你的意志
去选择，去原谅矮墙上所悬挂的
马头琴的忧伤

小确幸

蛮蛮
书寄禄森

今年湖北暖冬，客居武汉，和先生
一起不断练习做饭、养狗、种土豆
看雨水带走屋檐，河流，坐拥人间灯火
我们从而变得温暖而局限

直到水鸟拨开芦苇，暮色开始四合
北风唤回燕子，故乡，在我们身体里
重新生发，直到雨水走失在
泥土多孔的结构里，不再幻化成雪天

冬天里

蛮蛮
书寄禄森

变得亲密，终究需要一个起因
比如他乡故知、猛虎美人
比如风吹斜了树影，抖落关于温度的相关性

大地收割以后，河流凝冰
固态的情绪慢慢锁住整个北方
日头越来越短，铁塔上几只麻雀
把雾霾还给了天空，它们不再喳喳议论
前来忏悔的罪人

腊梅坐落在老屋后面，也忘了人间的伤心事
亲近就像是，一种孤独，陪着另一种孤独

暴雨

蛮蛮
书寄禄森

云层押着车流往回赶
大雨中，被打湿的枝头也可以暴动或战栗
在城市，一些隐秘的事物受困于季节
总是在深夜，和雨声共振
水声沸腾里有群鸟归巢
离人还家，委屈的植被在此刻，都获得了水性
从此草木生长，带着透明的质地
被大雨洗净的，必将以水的名分活着
就像暮色的情绪中，我们，都是黄昏

水性

蛮蛮
书寄禄森

窗外辽阔，有人在风中成年，接过蔷薇满身香气
误读了中药的水性，在夜色和浑浊里
撑开自己，同时也打开潮湿的命运

日子冗长，你我必须学会从笨重的单调里攫取新意
夜晚刚刚好时，多适合熬粥、做菜、聊一聊
今天发生的事儿

生活拖沓，但并不能阻止我们去学习
去成为老来时邻居家孩子喜欢的
老头儿和老婆子

所以

蛮蛮
书寄禄森

天色稍晚，山峦相互暧昧，想着一起变老的季节
我为你拥抱，日渐衰老日渐疲惫的身体
不用过问更远的问题，不再走更远的路

沿着河流往回走，你我又一次被桃花击败
花香随云，带着怯懦的危险抱合着两岸
距离依旧忠诚、谨慎，与流水保持平行的谦逊

火焰驱赶石头，夜色沉下了肉身。等身体越来越开阔
你不再问起，脚边那些开始簌簌生长的初夏
风声落下的时候，我们便拥有了四月的明朗和年轻

大地借雪色拥有辽阔

蛮蛮
书寄禄森

日色和道路尽头，雪埋了雪。北风返场
城市通过严寒以及人与人的距离，领受了寂静

让彼此靠拢的，应该是深冬徒劳的寒气
枝头雾凇颤抖，人群无须醉酒而获得热烈

仿佛这一刻，我们必须停下来以白色相认
大地借雪色拥有辽阔，你，也是其中一个

河流

蛮蛮
书寄禄森

不问去路，收留所有丛林丢失的隐秘
山脉在它的身体里凹陷，压缩成
相似的高度和体温

如果你常怀敬畏之心，你必定会看到
它体内秋季的游鱼，思绪依然清澈
咽下，南归雁群的倒影

等到冬雨过境，人们常常在这个时候
谈起它的丰腴，谈起它执意向北

河流像描述他者一样陈述此刻
直到风雪栖身，身体又一次受困于低处
此去，将为一个人的一生冠名

第一次见你

蛮蛮
书寄禄森

那么轻，像树影惊动了水纹
众星总是在酒后走向失散，但循着身后北风南下的路径
灯火，还是能找到相互深爱的人群

他们各执世界的一端，借冬天得以相识
大地安静，只接受雪色照亮彼此的影子
所覆盖的草木，也是那么轻

深冬承担了一些用旧的想象
你我爱着的事物，都被寒气围困
我见到了你最傻气的样子
像此间万物笨拙，二月
却在不远处发生

婚姻

蛮蛮
书寄禄森

能聊的，越来越少。但是似乎也不影响什么
阳光进来的时候，覆盆子长得很好
我突然想起，也是多年前的七月
水色温和，接过影子的硬度，你在岸上
给我讲覆盆子的传说

如今，它从种子走向了果子
我们也从语言走向了沉默
不说话的时刻，日头，也从不催促我们
就像，夏天必然拥有所有长情的事物
却从不向七月讨要晚年

送行

蛮蛮
书寄禄森

光，打在去年燕子垒的窝上，黄昏，便顺势漏了下来
故人西辞，云朵从高处逃逸
抚慰人心的，终究只剩下悬于树梢的雪色和鸟雀

夜色，填不满日落后离人的轮廓。冬日浩大
当然也囊括了异乡的风雪

你所熟知的正月，依旧是从离开说起
此去有山川，与晨光相互咬合，风起时的来路
经过你后，也必然会穿越我

等先生回家

蛮蛮
书寄禄森

在等你的时候，日头又往下陷了一些
旋木雀停在香樟树上看来往的人群

流云宽阔，收留了一些走失的鸟影
我想我的孤独使得万物幽闭，但河流
却拥有一整片天空

你回来的时候，带着屋子外趋冷的夕色
告诉我小区人工湖旁那些人行道上
多了好多鸟粪。我依旧欢喜地看着你
任由夜色，点燃窗外的路灯

蛮蛮

你来的时候，冬天
已经有些深了。雪抱着雪
为节气做好标记，日光
乘北上的火车出走
如果往南一点，你会看到
腊梅有着很好看的样子

你出生的时候，我已经
两岁半了，会十以内的加减法
语言上有些小天赋，能够
勉强听得懂《小王子》的故事

那时候，河流醒着，把群山
连接成星座。你我隔着半个重庆
靠着冬天雾气弥漫的寂静
相互生活

暗恋

蛮蛮
书寄禄森

桂花疏影里，有关于你的比喻
像狗狗受过抚摸，招摇着朝天尾
足以抖落有关于小欢喜所有的想象

柚子把秋天吊在枝头，高悬的香气
压低了晚归人的心事

正如你所知道的，秋天
其实并不适宜向月亮表露心迹
即使，果子已经拥有成熟的名义

我梦里有一只狮子

蛮蛮
书寄禄森

我梦里有一只狮子。它喜光，吃草，爱睡觉
但也像其他狮子一样，毛色金黄，爱过原野和太阳

阳光好的时候，它可以在山腰听一整天的风
看山，看水，看来回迁徙的羊群
或者花上好几个小时，跟着肥肥的云朵，学习笨拙地翻身

它一直在自己身上种植墓地和草原
即使如此，朴素的日子，每天都很新鲜
等我醒的时候，它依旧站在风口
问我要不要吃——可爱多

碎笔，写给先生

蛮蛮
书寄禄森

今天回来时依旧沿着昨天我们走过的路
桂花的香气被黄昏压得很低
低到光影只好从枝头逃逸

邻居家的孩子会走路了，被一只柯基牵着
在学步车里晃晃荡荡，零碎地观察
那高达五十八厘米的世界

美好的事物总是有相似的弧度
就像等夜色更深时，晚风入侵楼上老人的关节
他弯腰那一刻，扣合着老伴儿胸前的震颤

注脚

蛮蛮
书寄禄森

关于岁月的消耗，日子都为我一一列举
如风雪暴虐，碾过初生的事物
除了年轮，你不再增长任何新的东西

寄回故乡书信的留白，都来自父亲的头顶
我不再怀疑冬天，其实信仰季节
就如同和生活交换一个名字

高悬的寒意只能让我们抱团取暖
生命的梗概也不过一支烟的长度

聊起过往，我们都欲言又止
你抬头望着窗外，突然说——
“等到下一个冬天
我为你指认你内心的新雪”

因为你

蛮蛮
书寄禄森

今晚星辰硕大，以温和的光线
再一次探访我们。抖落在你指缝间
不小心泄露了好看的阴影

在你身后，灯火扣留住云朵，候鸟不再过问迁徙
所有在冬季覆盖过雪的事物，又一次，被月色充满

即使，群山借远方兜售着绝望
二月倒春寒浓烈异常，但我还是窃喜
毕竟我和你，只隔着流水的细节
山石草木，足以虚构一整个春天

武汉二月

蛮蛮
书寄禄森

我们隔着半个武汉坐着，任云朵盖住山脉
留下巨大的阴影。雨水缓缓聚拢，等俯身的时候
人间便是春天

听说梅园早樱都已经开了
起风时，便抖落了湖北的傍晚
打渔人从此路过，顺便卸下了一个世纪的晚年

东湖水隐藏着时节的虚构
等到桃花点燃两岸，你从珞珈山头眺望它们的时候
这轻盈已经足够我们用尽一生

春山望

蛮蛮
书寄禄森

武汉和重庆承担着人间共同的落日
微光过处，都有乡愁在慢慢熟透

重庆多山，也多漏雨的瓦墙
武汉多湖，更多草木的生长

等最后一株腊梅也赴死
雨水便唤醒桃花
这时候最好有一束光打在你的眼角
你笑或者不笑，似乎都很美好

深冬，兼寄先生

蚕蚕
书寄禄森

先生，好久了，没给你写信
故乡远比我预期的还要疲惫
村口又添了新坟，我叫不出名字

门前，小叶桉被风剥落
它几乎老成了父亲的样子
黄狗在家门前，又坐了一整天
它今年都十七岁了，早已经过了平均寿命

先生，即使新年我也偏爱旧的事物
物是人非尤其残忍
请你能原谅我比我的影子更诚实
愿你还可以纵容我小小的悲观

遇见你

蛮蛮
书寄禄森

遇见你，如法国梧桐挂满了落叶的一生
我也尝试着像秋天一样节制地表达
想你，像梧桐藏絮那般，高悬着庸常而俗气的心事

窗外，风声和枯枝交换着命运，我在屋子里想你
看夜晚停留在一棵香樟树上，月光比雪色更谦卑

先生，想想等我们都半老了，在院子里种树
不出意外，我成了你孩子的母亲

那时候，我们一字一句地教他们
“今夕秦天一雁来，梧桐坠叶捣衣催
思君独步华亭月，旧馆秋阴生绿苔”

阳光在高处

蛮蛮
书寄禄森

抚摸过屋顶的暖色，必将以影子的形式深爱大地
阳光在高处借一种温度和你我重逢

几朵云翻过远山，让散落在野外的孩子看见
投在水面的倒影，便足以圈养湖泊

冬天特有的暖意，借午后向我们轻轻靠拢
直到暮色淹没你的背影，一场雪躲在月色里轻咳
阳光，便回到高处

而今

蛮蛮
书寄禄森

而今我们一月听雪
听万物的孤独与克制

而今，我们仍然纸笔写信
拿分行的渴念交换彼此低沉的心事

而今酥油灯远照大地
原谅担待着冬天对人世的残忍

而今，腊梅盛开时
身边人老去依旧是你可爱的样子

冬天藏着人类与生俱来的苦难

蛮蛮
书寄禄森

送你回去的路上，人群比雪花更繁密
可能因为心事太重，它们到底还是先落了下来

冬天里藏着人类与生俱来的苦难
以一种轻盈的方式，在人群中央

地铁站附近，灯光和月色一起下沉
美好而安宁的事物，又一次，在夜晚探访我们

我的手揣在你的兜里，捏紧一粒雪，要是再暖一点
我相信，它必然会在二月里发芽

拥抱

蛮蛮
书寄禄森

当我抱住你时，武汉的雨
从反方向拥住了我们

你用力地揽住，像捧着一捧雪
有些害怕手心的温度是不是会扎疼我

此刻万物开始撤退
火车在遥远的北方等待风雪
我抬头看着你的眼睛
看到炊烟剥开冬天的寒气

我的冉先生

蛮蛮
书寄禄森

当大地的日色回到我们视野深处
我踮起脚，亲吻月光和你

城市远处，山峦相互暧昧
倒影沉睡在河流里，随水声起伏不定

尚未枯败的事物又一次和冬天重叠
你看呀，雪花也有温暖的属性
只要，你我靠得足够近

先生，当你老了

蛮蛮
书寄禄森

先生，当你老了
一切都会发生得很自然
就像我爱上你的过程与方式
我还是在你左手边
第一次觉得，可能死亡
也会有可爱的样子

年老时，你依然
总是让我联想到美好的事物
比如水雾弥散时
落叶轻叩柴扉

先生，即使我们坐满了黄昏
我仍旧会相信今晚，肯定夜色迷人

先生，当你老了
我们雨天听雨阴天看云
等月光亲吻石头我亲吻你
额头的皱纹，亲吻你，坟前的墓碑

听候鸟描述北方的雪山

蛮蛮
书寄禄森

认识你的时候，是冬天
芒果依旧带着热带的气候
在口齿间，丝丝地甜

我知道，你喜欢反季的水果尤甚于冬天
尤其是一个人的时候，你会误以为
整个盛夏曾在一颗芒果身上失眠

亲爱的，感到吃力的时候
你其实可以更颓废一些
我爱你脆弱的疲惫和孤独的样子
就像是听候鸟描述北方的雪山

你的名字

蛮蛮
书寄禄森

夜色在晚归的人群身后丢下寂静
日子总是因为你，陷入了无端欢喜

禄森，写下你名字的时候，梧桐在落
木棉花长得热气腾腾
还有流水和白云，都消逝得漫不经心

我依旧热爱着速朽的事物
像今晚月光碎成湖面一般波光粼粼
美好的万物都认真地美好
你，尤其如此

取暖

蛮蛮
书寄禄森

“日暮掩柴扉”，多适合我们虚构遇见
上一次见你，已经是一个礼拜之前的事儿了

禄森，数以万计的日子只不过
和你重逢的无数个瞬间

我们面对面坐在冬天里
云朵专注于失眠
其实不必想人间旧事
光是看着你，就足够取暖

霜降——写给先生

蛮蛮
书寄禄森

先生，我们总是顺应着节气
从身体里收割秋天
像雨雾，所到之处
皆有魂归故里、日暮乡关

已经深秋了呀，先生，植物
借助凋零提醒着你我一种慢
“一朝秋暮露成霜”
日子在我们手边结晶成白色的细节
“霜降三旬后”，万物皆你

先生，我知道，在霜降
你最爱的大多来自往事
像从纸上收起一片森林
浮在页脚的光线，我看到
总是有人间失落的姓名

我爱你

蛮蛮
书寄禄森

我们之间，只有寂寞是巨大的，借各种形式上身
像镰刀等待水稻、落叶死守秋风
在我的身体还不足以掏出严寒之前，我对寂寞守口如瓶

我爱你，整个秋天都在回应。从远处寒山到心头雾气
从云朵的沉默到雨水的静止，轻盈地，总是从温度开始

我们之间，距离恒定。像河流交出速度远山给出倒影
下午五点，我赠你微风深入武汉的留白
我爱那些必然会陨灭的事物
斜阳的温度使速朽的它们突然在此刻，拥有了象征

傍晚

蛮蛮
书寄禄森

被你目光抚摸过的万物
必将在日光下再一次回到温暖
即使珞珈山在晚风里只剩下清瘦的弧线
也可以借法国梧桐锁住瞬间

十月底，在武汉，冬天正从北方赶来
芦苇来回晃荡，还等着更远的风落下
借此截停一整个秋天

深刻的事物总是在此刻沉默
和你我对望，寒蝉凄切，顶着深秋的假寐
异质同构的事物似乎都有生活的隐喻
白鸟起飞时，墓碑上坐满了晚年

你是我夏天的起因

蛮蛮
书寄禄森

当冷风奔向东湖，枯黄，守住一棵梧桐的晚年
先生，怎么人间突然就陷入了秋天

其实秋天该拿来见你，或者一起做客北方
忘记世间浩大，忘记世事艰难

或者给你写信，先生
写夕阳下的废墟，废墟外遥远的群山

似乎需要更多的留白，在一张纸上
留给三月的梨花冬天的雪
留给闪电的孤绝和海浪的空旷

先生，你所不知道的是
你是我夏天的起因。因为你
我深爱这人间所有的美好与徒劳

与君书

蛮蛮
书寄禄森

先生，风从西北来，抱着一棵梧桐的晚年
你说话的时刻，风声从你的口齿间卸下
武汉的秋天

每一片叶子坠落了不同谱系，脉络纵横
那样子，多像我们眼下的歧路
十月给你我的选择总是多于留白
不妨耐心点，再等等看

先生，疼痛总是比我们活得更长久
等到风再大一些，大到盖住夜色
我们一同回到梧桐
回到静默，回到一棵树的守口如瓶

朝拜

蛮蛮
书寄禄森

有神的日子，雨水悲悯，每棵树都有来世
村庄端坐于烟火，守住最后一个老人

万物有神，多好，每一份疼痛都有去处
贫穷与富足终归于平等
狮子在此间坐化，死亡和孤独，都获得了安慰

神爱这徒劳的世间，一如十月南方的下午
我爱一朵花的枯败和凋零。一如风起时
我爱万物有神，有你的样子

先生，九月了呀

蚕蚕
书寄禄森

想起家乡遥望游子，想起人间已是初秋
先生，我们是否该拒绝命运借助雨水
回到人群之中

先生，你走或者不走
道路依旧遥远，人类贫瘠如故
你经由歧路抵达远方
你不知道，你静默的时候，多像一个有故乡的人

先生，你看远山红叶已染
风声将母亲推向了暮年
这些年，故土不再过问土地只追问记忆
我看到夜色平静，恰如年轮，一再地深入我们

无须辩驳

蛮蛮
书寄禄森

云，一点点回收成天空的形状
风初定，候鸟忘了南方
星光还没来得及抵达，雨水遥远
你看，这正是想你的好时候

太阳难得温柔，泥土的香味儿让人很是安心
柳树在我的左手边和沉默保持一致
温热的湖水多像我老去的父亲
正如你所见，这是一个无法辩驳的黄昏

这时候多适合我们交换过往
聊聊家常，从事一些无效的生活
直到风起时，倒影碎成湖面
夜色回到人群中央

如你所见

蛮蛮
书寄禄森

如你所见，我已经供出九月
供出远山和倒影。从纸上收回生命辽远的澎湃
听夜色安息，似乎，足够拿来安慰所有的失眠症

如你所愿，我依旧失落于生死
失落于季节与爱情。像古老的疼痛因为古老
而不被书写，随摇晃的枯枝继续着动荡

我知道，我们应当对所有的立场保持警惕
让我再一次为你重复——
把命运的归命运，把自由的还给自由

还有什么呢？让我再一次为你重复——
“君埋泉下泥销骨，我寄人间雪满头”

归还

蛮蛮
书寄禄森

不必再哭泣，你应当想念明年的新雪
当远山隐去季节，你应当只身回到高贵和慈悲

你看，我的内心和秋天一样贫瘠
像秋天一样，安于命运

害怕失去的人就必然失去
渴望引渡的人就应当自由

你要相信，信仰词语，本身是一件危险的事情
于是沉默，将天空，归还给还没有出世的清晨与黄昏

想起你时

蚕蚕
书寄禄森

我不知道这是否欠妥，或者有些冒昧
想起你时，野兽攀上山顶，晨光正从远方赶来
也是这时候，柳树重新抽芽，我突然变成
一个和春天有关的人

当然，我觉得距离是必要的，它有着善解人意的情分
顺着河流往下走，但并不企图抵达你，不远不近
是我想你时最迷人的部分

想起你时，月亮高过头顶
桃花轻叩柴扉，枯藤老树昏鸦，依旧
耐心地活着。万事万物也因此
突然变得轻盈

和你同在的傍晚

蛮蛮
书寄禄森

禄森，不曾告诉你
我爱远山的疲惫尤甚于眼前的钟摆
即使，其本质不过都只是时间

说起时间，你目光柔软
眼神里藏着河流不语的澄澈，缓缓，绕过群山

静默是当下的，禄森
我们应当严肃，像此刻，斜阳盛满山脉
树的影子顺势倒下，相互拥抱着，取暖

如果你此时想起旧事，夜色便立即从远方赶来
随身体里潮水起落。如果你此时陷入深爱
那季节就有了理由，成熟成秋天

光阴绵密

蛮蛮
书寄禄森

先生，八月突如其来，在我手边静止
唯有善良的人，才能看到它们
时间扣留住你我，得以安放它的倒影
看起来，一切都适合我们向下俯身

你看，光阴绵密，先生，这样的时候
我们应当忘记比喻，忘记词语，忘记玫瑰带刺的部分
然后记住黄昏里，路过的每一个人

先生，我总是痴迷于跟你分享所有可爱的事物
或者真理的边界，以及那些即使老去仍旧被宠爱的
生命

先生，我是如此深爱它们，一如
斜阳散落湖面，被水波荡出好看的光影

七月，我们耽于爱情

蛮蛮
书寄禄森

农历七月，午后，总是被炙热认领
像土地让步于河流，夜色止步于星光
七月，我们偶然也必然，耽于爱情

我们重新理解被长久搁置的事物
给万事万物重新命名

比如相濡以沫，比如饮鸩止渴
比如落花流水南柯一梦，比如烽火戏诸侯
即使痛感和陨灭，都逼近爱情

七月，家国天下都太大了，我们回到自身
我从没有像现在一样突然急于老去
陪着，同一个人

不再归还

蛮蛮
书寄禄森

我是你爱过的又被放下，像今晚月色一样单薄
那白得发紫的光影里，某种情绪比疯狂更为干净
木槿花也是在这一刻长出，比自身更加突兀的部分

我知道你不会来，可是我依然等
悲伤轻盈，仿佛已经是过去的事儿了
我为你预留了七月，还好我们的夜足够长
我们的路，足够远

真好，大地依旧愿意收留我
许我星空，许我从容
许我，风起时湖面倒影相继的破碎

禄森！禄森！

蛮蛮
书寄禄森

七月，远比我们想象的要精致
阳光从武昌穿越汉口酝酿着水意微薄
等到下一次下雨的时候
我就来见你，带着，还没有写完的信

尽管日子依旧清贫，但生活对你我还是饱含善意
你是所有温暖中最滚烫的名字
比三月樱花更瘦，比九月东湖澄明

禄森，万事万物也都因为夏天走向了热烈，但我们
依旧距离恒定，真好，像多年以前和多年以后一样
你是七月流火，赋予了所有事物广阔
而我，也是其中一个

下午，给你写信

蛮蛮
书寄禄森

禄森，给你写信的下午，我总是将自己长久地遗忘
也是这样的时刻，树回到树，石头返回石头
水色将倒影冲淡，三伏天不再过问远方

武大图书馆门前台阶上那只猫黄白相间
趴着，从昨天就已经开始，像古中国的哲人
一样深沉，或者忧伤。似乎每一个事物中
都有生命同构的迹象，但是生活到底比哲理艰涩多了
这些我不说，其实你都懂

禄森，多好，在鸡汤和煽情盛行的季节里
我们都如此迷恋朴素的现象。我知道
热爱黄昏的人，总是比我们看到的还要悲伤
水杉随风，问起过往，我没有提起你
毕竟，你已经在雨落湖面时，凹凸分行

我们终将老去

蛮蛮
书寄禄森

这是人间最自然的事情，说起时，窗外雨水如约而至
你依旧喜欢下雨，喜欢看下雨时年轻的河流穿过古老的村子

回想过往，像是克服一个长期的困难，显得有些吃力
或许我太沉重，经由你才获得了轻盈
我看着你，即使没有什么新鲜事物到来，依旧满心欢喜

六月了呀，法国梧桐赠我以广大，赠我以浓荫
赠我以一树蓬勃的寂静。雨水落地生根，我们终将老去
我想，这是我能想到，人间最温暖的事情

轻信

蛮蛮
书寄禄森

关于你，我无法获得边界，风起时
所有的事物都随你依次倾倒，走向摇曳
我早已记不起它们的名字，但这并不妨碍
它们经由你，与美好发生的关联

你比起每一个雨季，都要分外好看
我不知道一个比喻是否得体
只是看着你，下雨天便有了超出它本身的意义

在南方，六月，炊烟轻熟，每一株植物
都在人间自然生长，不必占有一个名字
我变得如此地轻信，轻信路过的花草都与你相关
又一次看着你，不说话，足以解释某些平静的热烈

七月，写给先生

蛮蛮
书寄禄森

六月已过，土地经由炙热回到了更大的辽阔
先生，七月世事艰难，只有月色清澈
你一抬头，就能看见光在阴影与阴影之间的散落
幸福和忧愁都卷裹在其中，这是七月最真实的感受

七月，我们都曾在深夜听见，法国梧桐低垂
古老事物的静默总是让你我着迷，悲伤是不可见的
它从午夜出走，必然在某个雨后的下午返回
忧郁，便成了被宠爱的时刻

先生，七月是新的，念旧也是新的
窗外，云很淡，风很轻
一想起你，心情也像它们一样变得
美好而寂寞

我曾如此笨拙地爱你

蛮蛮
书寄禄森

经由隐喻，我尝试着抵达你
像忍冬对月色的告白，笨拙地从颜色靠近

模拟一种深爱，那温度有如冬天
雪花漫天时投下的阴影。我曾如此笨拙地爱你
因为你，我深爱万事万物的羞涩以及孤独
每当这个时候，我觉得，我真像是一个诗人

我走在人群里，穿过风声，我不知道
这风声是否会穿过你。我曾如此笨拙地爱你
按捺不住总想要告诉你，因为想你
窗外的雨，又大了一些

你是我最新鲜的比喻

蛮蛮
书寄禄森

因为你，夏天变得冗长而略有诗意
也是因为你，阳光落下的时候
荷花开得更任性了一些，我依旧满怀期待
即使这并不是一个该用温情命名的季节

七月，我开始，笨口拙舌患得患失
惊慌失措地卑微着，像门口停泊的寂寞的微云
把晌午一下子，飘荡成了黄昏

你是我最新鲜的比喻，散落在我非典型的生活里
重复着最古老的抒情，“银烛秋光冷画屏，轻罗小扇扑流萤”
七月，你是我内心的新雪，单纯而美好地静默着
那温度在七月里，高于一切的星辰

端午，写给先生

蛮蛮
书寄禄森

端午，黄昏比起昨天又长出一截
可能因为这个，我喜欢你也变得多了一些
先生，端午时节，我在给你写信。企图
用词语缝合每一次告别

写我手里的蛋黄粽子是咸的，或许，你也会喜欢
写同一种味道贯穿了无数个五月，写同一个人
布满我的一生。就好像
每个事物当中，都有生命同构的模样

先生，五月真好，阳光永远都饱含善意
雨水也充沛，拥抱着，更多的尘埃

在端午，先生，我们的忧愁和幸福都同样丰满
可能因为你的缘故
我深爱它们最真实也最朴素的迹象

风过珞珈

蛮蛮
书寄禄森

风起时，生养了大片大片的柔软
樱花渐次围拢，缓缓地开

对于这习以为常的幸福，我总是一无所知
尝试着，小心翼翼地，把阳光放进去
那一朵阳光也见证过远处的雨水和树叶的参差

风过珞珈，安慰过所有受辱的生命
我们长久凝视长久地爱，并在风过珞珈时
笨拙地数法国梧桐的脉络分明

你看风过珞珈，吹皱我无用的三月
我不过是你肩头的暮色——
斜躺于你眼角的涟漪

三月了，先生

蛮蛮
书寄禄森

三月，适宜一无所有，适宜遣词造句
三月适宜从雨水中剥离出命运，三月
适宜在夕阳里完成一些年轻

先生，三月了呀，我看到你体内盛满
我带风的路径。先生，你看三月
年少的你我还不知生死。三月
我们是否理应走得更靠近一些

三月，我给你写长长的信
告诉你珞珈山上的樱花恋旧
告诉你梅园里，草木年轻

先生呀，珞南四路今天昼夜晴朗
自强大道上，你看枫叶初生。我多希望
你也是它们的一个部分，无需佐证

初冬

蛮蛮
书寄禄森

想你时，总是急于验证，出卖黄昏里最丰盈的局部
像是一次恋旧的速写，不刻意衰老，也不回避抒情

山茶依旧长得很好，我们路径恒定
人和人，和万物，相逢又别离
过程中，距离和夜色都缓缓消融下去

追问每一个热烈的时候，就像这样
冬天里，我们还延续着秋天的谈话

这时候，最好撑一把伞，成全古老的走向
突然有人问起“玲珑骰子安红豆，
入骨相思知不知？”我只是呆呆地
等一场雪，心生欢喜

离开

蛮蛮
书寄禄森

离开，最早是从母亲的腹部开始
接着是祖父的死，草木枯萎
也是其中一种形式

好些年了，反复适应，练习着话别
竭尽所能地拥抱，其实这时候
你的体温已经足够扎疼我
依然目送，成全这最后的仪式感

窗外仍旧是十月，真好，所有人都有秋天
这些年，母亲老了，祖父入土为安
花花草草开了又败，也早已经习惯了
只是我开始遗忘，这让我感到有些难过

想你的时候，我又把自己重新拼接了一遍
取出体内潜伏的夜色，给你写信
告诉你，现在是 2017 年 10 月 24 日
星期二，晚上八点
多好，听说，你也一样

先生，我深爱万物有你

蛮蛮
书寄禄森

先生，今晚夜色温厚
一如你的秉性。爱上你
我原谅了武汉时而的寂寥与落寞
月色如水，足以担待湖北万物的孤独

先生，你读信时，长江正从远方赶来
在江汉滩两岸起落。先生
见字如面，句子里存有我指间的温度
还有词语深处秋天对人类的宽容

先生，十月，枫树顺应着季节交出红叶
梧桐委身于枯萎。美好的事物总是那么轻盈
你看，你多像它们，沉默而深情
一个人的时候，总是借色泽供出小小的慈悲

然后，我们都老了

蛮蛮
书寄禄森

然后，我们都老了
一切有关岁月的消耗，都融在了身体里
顺应季节依次交出疾病、疼痛、衰老
以及有关孤独的表达方式

远山不远，怀抱孤绝的弧线
起伏中藏着生命完整流畅的阴影
潮水退去的两岸，你知道的
人间已是秋天，当然，我们也是枯黄的一枝

当冬天奔向雪山，先生，我必然在途中等你
老去的形态有很多种，不要怕
我们依旧拥有流水的清澈，以及水落石出的耐心

先生，当我们老了，我依旧爱你
像你爱我那样。我们依旧慢慢地走着，互为拐杖
从来不必从身体里掏出，关于严寒的供词

先生，这一生

蛮蛮
书寄禄森

先生，这一生，故土极远
常有母亲的病痛祖父的死，以及
从儿时开始就到不了的远山

该有多绝望，大地上
村庄坐失于土地和拆迁

先生，这一生，春天有绿
从桉树的伤口到小麦的鹅黄，还有
枝头一闪而逝蝴蝶的翅膀

该有多安慰，人间词话
只是我们默契而相似的孤独

2.

穹顶之下

劣质酒和父亲

蛮蛮
穹顶之下

今天，你已经到了知天命的年纪
但天命，却不知你

为了我，你戒了烟
为了生活，你还是在继续喝酒
十块钱一斤那种，够你三个晚上
和自己消磨

你总喜欢往酒里加点水果
比如橘子、枇杷、山楂或者甘蔗
你以为那样就会甜一点
总好过生活

后来呀，你也加中药
加些茯苓、当归或者白芍
你坚信药酒治病，治你一身的顽疾
和衰老

我再也没劝你戒酒，毕竟
酒穿过身体
你从来不曾告诉我的那些疼痛
它应该会懂得

九月将近

蛮蛮
穹顶之下

我总是在八月和母亲越走越远
从二十七年前的出生到后来的背井离乡
九月将近，也是这样的时候，她又一次领受衰老
而我却没能如她所愿长大成人

母亲用过的镰刀已经钝了
挂在墙头，挂着她前半生的重量
直到今天，我依旧没有学会
从夏天的总结里掏出词根，去描述秋天里的母亲

她真的老了，比村庄更老
只有疼痛和孤独时常来找她
或许在夕阳下沉的时刻
抑或在秋风灌满我离开的车厢

今晚

至少，月亮上熟透了的，比楼下挂在树上的柚子更圆
肥硕、透亮、金黄，闪着凉凉的光
祖父当年抬头望它时，它已经好看到如此地步
那时候，土地丰盈，产善良的玉米和水稻
后来父亲也见过它，在建筑工地
水泥池子里也倒映着拥挤的光
父亲跟我描述的时候，言辞间忽略了
他被水泥板砸死的工友和他也从二楼摔下来的事实
我在干净明亮的大学教室里坐着
有美好的前程和未来，头顶是祖父和父亲头上
相同的月亮

母亲，母亲！

蛮蛮
穹顶之下

到后来，她真的老了
一言不发地，逼近我对枯萎的想象

不再穿以前的花裙子
没事儿的时候，喜欢坐在门口打盹儿
即使看不见针眼也缝缝补补
慢慢地，她变得笨拙、琐碎、斤斤计较

晴朗的日子里，她总会提前起床
去买早市新鲜的蔬菜，或者，排队等着刚出锅的油条
顺便给我摘回路边的野花

她看上去如此落寞，毕竟从头到尾
只有颤颤巍巍的影子追着她，穿过大街小巷

父亲和故乡

每次聊起回家，父亲的老去又会更深入一些
他读书很少，根本不会知道日暮乡关之类的情节
只是他在这一刻会突然变得琐碎、迟钝
反复地说起祖父坟前的杂草、祖母的病，以及那些
门前青苔屋后槐树房梁上燕子的窝，都被均匀地想起
其实他背井离乡好多年，作为农民工，他纯朴地守着
农民的本分
每到玉米和秧苗下地的时节，他喜欢跟母亲和我唠叨
要是在他打工的省份种地，根据当地的土壤和水分
今年秋天，该会有怎样的收成

婚姻

蛮蛮
穹顶之下

你不再愿意跟我说起日常的琐碎
我也不再念叨你买回家的西瓜与六月是否有瓜葛
只是有时候我依旧还是会疑惑，一辈子的话
没花上几年就已经说完了
我们得有多大的耐心才能把生活，过成了别人欣羡的模样
吃饭是沉默的，散步是沉默的，我们睡觉也是背对着沉默地
刷着各自的手机。该有多欢喜，我们对沉默保持着如此的默契

母亲和酒

蛮蛮
穹顶之下

母亲很少喝酒
她说，关于一生的大喜大悲
只能隐忍，或者是承受
但偶尔也有例外，比如天冷的时候
她会从父亲的酒碗里
咂上一小口

她喝酒总是容易上头
即使她不懂得什么是醉
也会佯装着迷糊
在父亲跟前絮絮叨叨
红晕的脸
撑起那些零星而疲惫的雀斑
使我惊觉，母亲也有害羞的时刻

屋外开始下雨，后来下雪
我愿意把此刻理解为一种富有
光，并不均匀地落在母亲的肩头
母亲颔首低眉，借着酒劲儿
数落完父亲后又开始数落起我
像是，在清点生活遗留在她身上的漏洞

农民工

他计划在腊月返乡，带着年初从家里带出来的棉絮锅碗
还有治疗高血压和胃窦炎的药。离家二十七年，几乎每年如此
他早已经习惯了这样的辗转
并用他的脚步差不多丈量了整个中国
因为远走他错过了父亲的死和母亲的病
以及第三个孩子的出生与夭折
这些都是妻子无法原谅他的。他不知道如何跟她解释
一个男人中年的身不由己。但见识是背井离乡最大的骄傲
每当他给孩子讲起东北三省或者青藏高原，他的表情像雪色一样辽远而空旷

生长

蛮蛮

她说，阳光穿透屋瓦是多么值得信任的温暖
值得包括她自己在内的种子发芽
那一年，她刚好十八岁，考上了北方的大学
第一次出远门坐高铁，也是第一次在冬天看见漫天的大雪
纷纷扬扬地下，致使包括她在内的整个北方失守
那雪白的、细碎的、穿越手心的寒凉
重组着她对北国从视觉到触觉的感知
像南生的大雁交出羽毛和习性，她花了漫长的时日才学会
如何在深冬练习从重重高楼里假想炊烟
后来，她留在了北方工作，像一株槐杨连根拔起换了土壤
重新种植，她也努力地长得很好。只是在某个雨后的下午
她会突然想起，若是黄昏再见南国的湖水
必然是彼此的透亮

倦怠

蛮蛮
穹顶之下

我们总是保持着同频的疲惫，像拉链的相互咬合
时间久了，在同一个位置破损、坏去
我努力更新菜式，保持着你视觉和口感的新鲜
你也认真地帮我遛狗、洗碗、拖地
安静地做着超出我预期的事务
在他们看来，我们保持着温和而深刻的爱情
也只有我懂，面对今天和多年前的鱼香肉丝
你有着，你努力也克服不了的分别之心
即使窗外法国梧桐，坚持着我们初见时的静止和垂首
我并不否认，我爱它
已经超不出它作为一棵树的本身

五月，武汉

蛮蛮
穹顶之下

我们聊起故乡，偶尔会陷入漫长的停顿
像是一尾鱼，搁浅在岸上来回扑腾
口含沙粒喊不出自己的名字
五月，武汉。月光明净，
如同江汉滩潮水起落间，忘记了曾经的哽咽
其实也挺好，我给父亲写下家书
讲连月来的雨水，讲异乡和故乡的相似性
落款处，我写好地址
湖北省武汉市蔡甸区恒大绿洲 14 栋
像是在清点儿时放牧的羊群
不知在何时，念及故土，我不再以一种悲伤的方式

滑梯

它和我们一样，都有年纪的标注
过上一年，身体就会被磨损得更多
虽然仅仅只是边边角角的消耗
但也足以让它比我们衰老得更快

作为玩具，滑梯总是被孩子钟爱
送走了一拨又一拨
坐落在广场上，它总是会看到
比它生命更短暂的悲欢离合

它依旧沧桑腐朽地瘫在原地
和我们头顶同一片湛蓝
长久地、静默地待着，从不指认人群里
比它更孤独的他者

母亲不经意间的叹息

蛮蛮
穹顶之下

她总是比黄昏更疲惫。呼出一口气
似乎都得要花上大把时间，再耗费更大的力气
去吸入另外一口。所历经的往事都如鲠在喉
无法吐出来，当然，也没能咽下
仿佛她一有空就选择练习，如何平静地老去
直到我听见她呼吸间不经意的叹息
才发现，命运给她的她都一一写在身体里
被光照耀的部分，都以沉默代替了喊疼

醉酒

蛮蛮
穹顶之下

到目前为止，父亲醉过三次
一次是祖父离世，一次是弟弟大婚
第三次是今天，他再也搬不动
门前他亲手打磨的石凳子
突然意识到，衰老
总是在某个瞬间来临

回想起年轻时候，父亲扒过火车
挖过煤，一个人北上收破烂创业
无数次失败都不曾打倒过这个男人
而生活总是危险的现场
比如此刻
父亲取出来弟弟结婚没喝完的酒
自斟自饮，等回忆缓缓赶来
置换他一身的酒气

生命里必然有一些坍塌不可言说
对于父亲，尤其如此
微风穿过竹林，压低了
他头顶的晚云

悲伤的芒果

他喜欢吃芒果，胖胖的、笨笨的芒果
在一起之前，她就知道，像喜欢热带一样喜欢
一颗芒果上住着一个黄昏
这是他告诉她的，他没说为什么
只是让她相信就好
后来呀，他们坐在黄昏里啃芒果，一颗接着一颗
一个黄昏，接着一个
后来的后来呀，他喜欢上了吃荔枝
告诉另一个姑娘，那些关于荔枝的童话
从此以后，她开始对芒果过敏
并在每一个黄昏，小心翼翼地晾晒
那一枚枚芒果心的金黄

代际

至于深夜的星宿
必定是一次年少的失眠
关于孤独，关于爱

至于从午后的阵雨
听出一段卡农，不必再追问
一个中年人对情绪的失守

他说，丛林藏着故乡的鸟鸣
在黄昏里尤为悲切
关于古木的年轮，都写在它的身体里
他懂得，衰老有时候，只是对季节的感知

手边的事物

蛮蛮
穹顶之下

日子极简，开始检阅多余的物件
从第一封情书开始
到间隔十多年的结婚证与离婚证
刚刚晒到蓬软的棉被，带着下午特有的
暖熟的，阳光味儿。但还是阻止不了
同样也是多余的一些伤心
收拾有关他的杂物，能扔的都扔
至于那枚指环，她挂上了闲鱼网当二手货出售
回忆总是从高处出走，那是多年前
结婚还买不起钻戒时，他能给她的全部家当
那年她十八岁，安静而美好
她相信他，也相信爱情

女孩

蛮蛮
穹顶之下

她的颤抖，大多是来自冬季
雏鸟关于雪的感受，至于那些听来的故事
在结尾处，都因为寒冷陷入了胆怯和犹豫
母亲教授给她的决绝和勇敢
她认真地练习了好多年，终究还是没能学会
能做到的只是像一枝芦苇那样
保持寂静的深爱，拿春天的绿意来交换
深秋的飘荡

哭泣

蛮蛮
穹顶之下

母亲是一个强势的女人，喜欢吵架，而且逢吵必赢
这些年她换了太多不同的人争吵
从外祖母、祖母、父亲以及她自己的同事
有时候为了出嫁或者买房
到后来呀，琐碎到中午饭菜油盐的多少
她借助吵架的方式保护过更伤害过很多人
当然，也包括我在内。我遗传了她所有的坏脾气
在和母亲争执的过程中，我倔强，就如同她本身
最后还是我道了歉，但她却在歇斯底里中痛哭流涕
那哭泣，像一个孩子
更像一株干瘦枯败的树枝

初夏的武汉

蛮蛮
穹顶之下

说好的，大病初愈后去看珞珈山的夏天
看小叶榕一点点接近新绿
梅子挂在枝头，一天肥过一天
游人见它，说不尽的都是眼神温暖
还有东湖水在黄昏里来回摇晃着树影，让你误以为
在病痛里亡故的人们在恍惚间已经回来
身后事，不用交付他处
垂柳在岸上，抚摸着游客
像是代离开的人照顾活着的人

母亲老了

蛮蛮
穹顶之下

母亲怎么突然就老了
就像一场雨后的秋季冷得入木三分
她依旧关心超市里打折的蔬菜
研究着可以把两斤牛肉做成几顿
不再追问我什么时候可以回家
只是时常念叨着父亲的老毛病
她老是害怕给我打电话
除了天气和吃饭，似乎很难找到新的话题
微信联系她，她总让我发语音，说是打字看不清楚
我听着她来来回回的那几句絮絮叨叨
听见一场雪在她的身体里，越下越深

小时候

蛮蛮
穹顶之下

小时候，家里穷
爷爷买的冰糖葫芦一串儿五颗
都得分作五次吃完
路过小卖部我会拉着奶奶喊
要喝同桌时常喝的可乐
他还偶尔有麻辣牛肉干下饭
我只要可乐就可以很乖
奶奶总是告诉我
可乐里有虫虫，吃了坏肚肚
但一直没能跟我说，穷人的小孩儿
必须减少自己的想要
到后来，我在生活里慢慢学会了
对钟爱的小裙子乃至喜欢的人
都能够做到节制的表达
甚而从始至终都沉默
现在回想起
那时候，得有多大的勇气
才能够对自己得不到的东西——说喜欢

塑料袋

蛮蛮
穹顶之下

它被风驱赶着，慌不择路
飞过田埂、荒地，到更远的地方
曾经也有过被珍视，小心翼翼地撑开身体
包裹住比自身笨重太多的物品
然后被提着也走了很远的路
使用过了，价值被穷尽，就意味着遗弃
太多事物的原理都是这样
它任由风再一次填满它的身体
像一个绝望的女人
在绝望处，不再选择哭泣

关于母亲的一生

蛮蛮

母亲识字不多，但她会写我们一家四口的名字
一笔一画，认真得像个小孩
我跟她讲解姓氏背后的历史和寓意
她虔诚地听着，眼神清澈，满是新奇
母亲其实信佛，也信牛鬼蛇神
所有大于她一家四口生命的存在
都是她敬畏的本身。她的一生很大，延续了生命
并哺育了生命。她的一生也很小
走了一辈子，也没走出锅碗瓢盆

四月了，妈妈

蛮蛮

妈妈，南方渐渐远了，四月慢慢变得具体起来
从枝头杏花、头顶微雨以及父亲的病
二十六年了，妈妈，你曾经教我辨识
风声和季节的相关性，以及如何在日子里完成转身
妈妈，我真的努力学着你的样子去和生活和解
但是生活带着另一种节奏流经我体内，没有回声
妈妈，直到今天，我终于从雨水里悟得悲伤和良善
但是妈妈，我看到，这雨水落满了你的一生

晚年

蛮蛮

夕阳，一落再落，一点点陷进了山头
他一个人坐在小酒馆里
清点儿子结婚所欠下的债务
猛地回头，发现妻子已经去世多年
一口酒下去，突然就暮色压境
老酒取暖，这是需要年岁和经历才能懂的感受
看往事在杯中缓缓下沉，喝下最后一杯
他抽身离开，有几分醉，更多的是几分醒
摇摇晃晃的归途中，野花开在路旁，放肆地香
晚风路过的人间，有炊烟折腰
映着晚霞，像是一种虚构

借宿

我们去蔡甸借宿，风雪紧紧跟着
等我们的地铁穿越大半个武汉
大雪，终于浩浩荡荡地落了下来
落在树上、车上、我们的头顶
大雪里，有林冲的梁山、令狐冲的决斗、张岱的湖心亭
所有的故事在雪里都有一个好的去处
唯一不符合这个定理的，是宝玉拜别父亲
毕竟，也只有它是真实的
我们都历经宝钗扑蝶，历经黛玉葬花
还有晴雯撕扇，最后，我们都从大观园出走
终究，是回不去的
茫茫大雪里，宝玉的脚印后面，跟着迷途的我们

新蒜

蛮蛮
穹顶之下

还没熟透的时候，它们就被连根拔起
剪去了头上的苗苗，秃秃的一颗颗，坐在那里
或风干，或入菜，相互分离又彼此咬合的蒜瓣
都以不同的方式脱离以往的蒜心
天气好的时候，它们水分挥发更快
像是给日子交出饱满的情绪
朋友教我用水种植蒜苗
只需要找个塑料瓶作为容器
那些新蒜又可以从日渐干瘪的身体里
抽出新绿，整个过程多像女人
作为母亲的一生

农民工

蛮蛮
穹顶之下

四月，发了工资
父亲把功能机换成了智能电话
笨拙地，他学了好久
到底还是弄懂了如何用微信和我视频
他给我说起他谨听医嘱按时服药
做到了和病痛好好相处
他还告诉我，工地上没有洗衣机
每天干活儿的脏衣服都得下班后手洗
最近腰疼，他洗衣服时，身体总是弯不下去
话题越来越重，父亲说聊点开心的
他手机摄像头摇到对面的大厦
告诉我这是他和工友们筑起的又一栋高楼
其实父亲花费一辈子也买不起其中一间
但他还是满脸骄傲
向他女儿认真地分享着他一生
引以为豪的事业

作为母亲

蛮蛮
穹顶之下

从来没有任何事情比做了母亲
更催促一个女人老去
她一生的事业，只不过嫁给一个异姓男人
然后给他养大两个子女。我就是其中一个
四月的雨，下到清明为止
她手捧河岸却给不出自己的水域
我知道终有一天，我会沿着她的路径
把她走过的艰辛走成另外一种
我想，我终究会自私一些
如果不可避免会孤独，我会为自己衰老
当然，我也会爱上某个男人，从草木初醒到牛羊成群
如果可以，我会预留好整个雨季
只为杏花感伤

写诗

蛮蛮
穹顶之下

喜欢写诗，我想，理由应该很多
但大致逃不过欢喜、寂寞、偶尔的孤独
最后，还有那小小的虚荣
我爱诗歌，从小就爱，毕竟
也只有诗歌，才能让像我一样被抛弃的事物
拥有存在的必要性

我的父亲

蛮蛮
穹顶之下

他花了三十年，从一个农民变成农民工
坐绿皮火车去过中国最北和最西部
吃过大江南北所有的菜系
这成为他晚年引以为傲的事业
血汗钱，最干净——他朴素的逻辑里
依旧保持着高贵的认知。但他也不是
长久能保持这份自信，比如
儿子结婚他掏出所有积蓄都没能全款买房
比如母亲生病他都在犹豫是照彩超还是核磁共振
后者，只是贵出几百块而已。那时候
他是如此胆怯、卑微、犹疑
侧过身子，他望着我们，像一个犯错的孩子

离职

蛮蛮
穹顶之下

离职在家，需要解释前同事的不断询问
需要接受母亲无数的催促和提醒
需要继续应对房租水电菜价肉价的追杀
因为离职，你必然，成为一个罪人
你读书、写字、做饭、遛狗，这些都不能替代
朝九晚五的工作。社会期待你务必要成为一个有用的人
比如一棵橘子树，你应该在春天开花
热气腾腾地花落结果。只有你在深秋时候
交出一树金灿灿的果子来
才让人放心

小雪已过

蛮蛮
穹顶之下

时节，以我们无法模拟的速度，往深冬挺进
老槐树瘦了，它还在替代埋在树旁的祖父
等待深冬返乡的人
九年了，离开以时间作为刻度，在身上涂抹阴影
头顶云朵如此寂静，多像欲言又止的我们
关于冬天的描述，你说是祖父，是故土
或者山川河流渐冻。我觉得不止这些
还有我们按照季节掏出腊月的气候
却挡不住体内年轮的眩晕

做个好人

蛮蛮
穹顶之下

步入中年，父亲依旧还在来回地搬运自己
用最臭的汗水换最干净的钱
延续着祖父的宿命，他仍旧告诉我们
最简单朴素的道理，比如认真学习，做个好人
那些短语的弹性和阴影，父亲从未理解
他只是用他浑厚的力量向我们证明
日子，依然爱着我们
接过父亲的话，我走了很远的路
用生活去佐证祖辈的命运
用力地活着，认真学习，做个好人
父亲哪，您看到了吗？
卧在日光下的群山，放肆地在脚下蔓延
企图使一个词语从句子中脱身

爸爸

蚕蚕

爸爸，日子落在你身上的，都清晰可辨
从十八岁北上到二十七岁的西安
三十五岁那一场事故也在你身上
延续了好多年。我总是在你身后看见漫长的雨季
以及在雨水里众生的倒影
冬天和五十岁，是一起到来的
固执地快速地穿过你的身体
不曾预留给你任何时间，去喊疼
伸开双手，手上摊开千沟万壑
它收留了太多痛楚和暖意
又不断递出照耀我和弟弟的
闪烁的群星

时间还早

蛮蛮
穹顶之下

时间还早 , 我们可以去湖边走走
去年深秋的满池残荷，如今已经绿得很透
我们聊起高铁入川的重重隧道
以及在早上刚刚下停的新雨
无话可说的时候，地理和天气 , 总归是比较好的话头
到底，还是不像那些年 , 沉默也是好的
你打你的游戏我撸我的猫
异地也能够做到 , 天涯共此时
而如今，我们都学会了如何去承受坏脾气
却只能一起在湖边走走
彼此都默契地忍住了很多话
只是聊聊地理和天气

亲爱的妈妈

蛮蛮
穹顶之下

120 接走你的时候，我还在做 KPI 报表
在无数的数字和事件中找到自己的对应
窗外，白鸟飞了过去，剩下的天空浩荡而坚硬
冬天来临之前，总有一些艰难，把我们等待

医生说是脑梗，醒过来的你平静地接过报告
像是接过菜市场买菜时找回的零钱
你并没有担心有后遗症，只是追问花了多少钱
把你打败的，不是死亡，而是如何活下去

27 年了，我终于理解了贫困加诸我们身上的风暴
即使只是一个陈述句，无需修辞，也足够
让我们拼尽全力掏空自己
让我们在秋天还没有撤退的十月
跌进一种战栗

乳腺纤维瘤

蛮蛮
穹顶之下

从胸前右边开始长起，逐渐蔓延到左边
沉默地，每年以两毫米的直径在突围
偶尔，它刺痛、肿胀
以微弱的力量在时间里获得正名

我平静地躺在检查室里
任医疗仪器游走过每一寸皮肤
没有羞耻感，同样也没有对它的好奇
关于身体，我不曾关注到的部分，也像我一样安静
自卑地、耐心地，在角落里生长拔节

医生说需要手术，目前还能微创治疗
相关费用，差不多是我两个月的工资
我穿好衣服，收好检查报告，起身出门
医院走廊人群拥挤，他们捂着不同的伤口，彼此生活
我想，病痛，务必是生命最生猛的修辞

和父亲聊天

蛮蛮
穹顶之下

年纪越大，越喜欢和父亲聊天
话题包括但不限于流感的生物学机制、红烧肥肠的程序
以及母亲新买裙子的价格
父亲笨拙，谈论事物总是从他的感知出发
像一个孩子一样，去罗列拼接碎片式的看法
我笑他逻辑理解不对的时候，他竟然害羞得默不作声
我猛地有些失落和心疼，等父亲再说话的时刻
便成了此岸和彼岸的分野
儿时超人一样的父亲，原来也有需要被保护的时刻
他并不是什么都懂，但为了我，小学文化的他
在这二十多年里几乎做到了全知全会无所不能

重逢

蛮蛮
穹顶之下

多年以后遇见，你已经身为人妻、身为人母
但对于你的孩子我并不能赠予他我的姓氏
你眉眼间还是一如当初好看
只是没有了那时候的青涩
脸上沟壑，都写尽了生活对你的入侵
你跟我聊起一别经年你所历经的种种
平静如水，如同诉说着别人的故事
唯一相似的，讲到伤心处，你会稍稍停顿、压低目光
缓一缓，再继续说下去。花了这么多年
我们终于在各自的生活里，学会了如何去爱与被爱
幸与不幸，已经时过境迁。送你离开时
我们依旧温和地道别。默契地，彼此都没提
关于下次再见的话

屋檐水

蛮蛮
穹顶之下

痛苦大多有着相似性，这是她所知道的
但还是回避不了，对丈夫的容忍已经变成一种惯性
她读过几年书但书里并没有教她
在疼痛中如何优雅地哭泣
孩子很多时候还是比较听话
这是她在艰难生活中仅有的安慰
婆婆也心疼她，但并没有什么办法
酒后，丈夫连他的母亲也揍
家暴之后他仍然会忏悔、自虐，抱着她痛哭流涕
她一次次原谅又一次次重蹈覆辙
看着自己身上的淤青慢慢地长出自己的墓地
她没有再喊疼。只是她开始后悔成为一个母亲
毕竟，儿子在学校受了委屈
没有解释便选择把对方揍了回去
屋檐水，滴旧坑，滴滴到天明

父亲说

蛮蛮

那时候我还小，你教我在贫困时代
去辨识那些勇敢的人。村庄，比我们还要瘦弱
你说谁在深夜举灯赶路
以及谁在苦痛面前只是沉默
他们有着各自的难言之隐
一条河从村子西南穿过，你告诉我
它还将以雨雾的形式再回来
你让我谨记，不管后来是否能够回到河岸
都不要忘记我们是身带潮水的人

此刻

蛮蛮

在北方，大雪仍然浩荡，载满闪烁的光影一直向南
土地并没有承受相似的疼痛，即使寒意都在逼近春天

在武汉，草木依旧谦卑，朝拜着自家庭院
妈妈来信，反复问起病情，
像一个迟钝的小孩

“有些人因为知道而撒谎，有些人因为无知而造谣”
比荒废的夜晚更漫长的，是我们用坏了的语言

落在他头上的雪

蛮蛮
穹顶之下

冬天里，目之所及的都在消瘦
尤其是远山、大地以及鸟影
保持一种忍耐的姿态，才能抓住
降临在头顶的雾气

万物，也在为自己寂静
即使无风的日子，也冷
温度回收到台阶之下。冬眠的
野兽比我们要早知道这些

犹如给梧桐在体内又种上一圈年轮
父亲卸下肩头麻袋又扛起弟弟
高高举过头顶，落在他头上的雪
从此便没再消融下去

老了

为了化整为零，他试图咳出体内郁结的孤独和湿气
老伴儿走了之后，只有在咳嗽的时候，屋子里才有了回声
儿子的电话只有在周末才有时间打来，说说天气
聊聊猪肉的价格，固定三段论式问候一次。就这样
再一次循环到下个礼拜。挂了电话，他想出去走走
穿上外套后却又忘了自己想要干什么
老来多寂寞——以前只是念叨
而如今，需要他一个人撑起一整个冬天

写给孩子

蛮蛮
穹顶之下

汽车，再也驶不出武汉的半径
窗外消毒水味道，有些呛人
孩子，我该如何跟你解释
我们当蒙面侠的游戏
可能需要一直玩儿到四月

晚安前，我给你讲了一个叫作
李文亮医生的故事
死亡变成了不可讨论的隐秘
但我还是教你，去勇敢，去善良
去借窗外的月光照亮自己，以及
照亮那些曾经照亮自己的人

明天起床依旧热干面，温牛奶
搭配简陋，但不允许你挑食
孩子，庸常的日子背后
李文亮并不仅仅是一个名字
一座座墓碑长出来
刻着他，相同的指纹

人到中年

我们只有在冬天才会重新谈论爱情
从新生的雪、颤抖生锈的铁门
还有那些在婚姻里长久而疼痛的隐忍

我们热爱人间拥抱的新雪，胜于此时熟睡的枕边人
故事依旧从多年前的一场雪说起
那时候我们以拥抱取暖，用亲吻
解释体内无法消解的热烈

如今，我们如此平静
关心打折蔬菜或者股票走势都胜于关心彼此
偶尔吵架的时候，那些带刀的词语落在身上
如同今夜的雪落在苍茫大地，纷纷扬扬
却没有一点回声

电动车被偷了

蛮蛮
穹顶之下

电动车的电瓶被偷了，这已经是今年第三次
除此之外，防风罩也丢了
蛮蛮跟我说起的时候，满脸悲伤
我也有些难受，毕竟，了解到这世界的德行
并不比电瓶值钱。防风罩是厚重的棉袄
武汉的冬天太冷了
它应该有了更温暖的去处
蛮蛮安慰我，愿这世间的恶事
都有一个善的、不得已的苦衷

确定性

我们对稳定拥有一种信任
比如学位、编制、职称，或者房产证上面的名字
以及伴侣对自己绝对的忠诚

我们需要这些，作为一个坐标
它们能让我们找到自身的确定性

就像太阳小时候必然从后山的竹林升起
从对面的山头落下去，固定的规律
让生活从一种寻找，变成了一种确认

其实，我们讨厌羊群心理，讨厌成为大多数
却更害怕，自己与众不同

父亲去医院

蛮蛮
穹顶之下

腿肿了很多天了，刚开始的时候
父亲想着，等两天就好
两天之后又等了好几天，他被催促着去了医院
先是普通门诊，接着是肾外科，再是心内科
关于浮肿的原因都一一排查了一遍
结果显示并无大碍。拿着化验单父亲有些愤怒
他觉得花了冤枉钱，毕竟，在苦了半辈子的父亲眼里
至少确诊一个肾水肿或者心脏早衰才能对得起检查
费用
穷人的逻辑里，比健康更重要的是
他用健康换回来的血汗钱

日头暖了

黄昏时，我们走在一起议论一天以来的好天气
隔着口罩，隔着两米开外的距离

口罩已经重复使用了五天，没有新的可以更换
用旧的身体，也已经重复使用二十六年
但是今天的心情仍然很新鲜

只不过我拒绝不掉这日头真的很暖
它太像多年之前以及多年以后的春天

在武汉

蛮蛮
穹顶之下

这几天，人和人的距离，除了关上心门之外
还关上了房门，几米开外就吼着——戴好口罩

父亲依旧一天三次打来电话，比吃饭还准时
他依旧分不清什么是谣言，什么是新闻
只有靠视频接通才能放心
在他看来，我在，就是武汉在
就是他整个世界的安定

窗外很安静，只剩下狗吠或者风声
偶尔有白鸟飞过，抖落两翼的阴影
固执地守着春天

说好的春天

令你感激的，也必然让你失落
二月，阳光在屋顶，扣合着瓦片的形状

云朵翻越群山投落在湖泊
微风扶起小叶榕的旧梦
日子真暖，干净得几乎透亮

只是我们依旧需要足不出户、紧衣缩食
需要隔着口罩对话

早樱在珞珈山上声声地喊疼
东湖水映照磨山也照寂寥
偶尔途经的白鸟飞过
和大地保持着平行的忧伤

姐姐

蛮蛮
穹顶之下

无从问起你内心的隐秘
自从有了孩子之后，你更喜欢被称作母亲
你说，所有的事物都将被日子消耗
但麦子还是会在来年返青
下雪的时候，我们几乎同时有了睡意
就像小时候一样分享一床被子。而如今
更多时候你会背过身去，听风挂在树上
像是遥远的哭泣，土地和灯盏
依然是那么安静

清明

蛮蛮

雨水终究还是没能忍住，在清明，纷纷都落了下来
打湿了坟头墓碑，还有祖母的呢子外套
祖父到底还是没能看到儿孙满堂
他坟前的热闹是他生前所不能想象的
在生之年，他拖家带口所想的
仅仅只是——活着就好
父亲跪着，慢慢地烧着纸钱
眉宇间有着几分祖父的模样
在这一刻，他也步入中年
有了他的父辈相似困惑、疾病以及沉默
下雨的时候，疼痛，也是那么多

他不敢死

蛮蛮
穹顶之下

今天是住院的四十四天
他不怕死，只是不敢死
大女儿痴呆，小儿子才两岁
妻子种地，同时还得赡养母亲
这是他出门打工的第一年
住院之前，他刚托工友抢到了回家的火车票
这段时间里，他谨听医嘱
按时服药，努力地去心态良好积极向上
疼痛不那么严重的时候
他喜欢翻转身体，看武汉三月
遗失在人间的阳光

她的眼里住了风暴

蛮蛮
穹顶之下

孩子确诊那天，武汉止不住地下雨
城市，在雨里变得模糊甚而迷失

送进医院的时候，儿子没有哭闹
说好的，出院后带儿子去看大海
看海鸥穿过阳光落在沙滩上
亲吻他的小脚丫

大雨还在下，将她眼里的风暴跌落在城市里
湖北的春天也在雨里疯长

冬天了

蛮蛮
穹顶之下

为了记得，我们在初冬反刍着秋雨
心上事，都生长到法国梧桐的高度
陌生人依旧陌生

你有流水的隐秘，擅在丛林中藏身
消失，并不是源于对速度的失控
只是因为向距离的倾斜

冬天了，我和你依旧遥远
就像烟头寂寞了晚云后北风驱散群鸟
日子并不会为季节而改变一些

农二代

然而，你依然困惑，稻子曾经的生长方式
伸手跟故乡索要土地，它给你了
父辈用身体堆砌的高楼和厂房

咽下咯血的方言，你依然贫困
那贫困是父亲从祖父手中接过的
多少年了，还借着姓氏和血脉向外延伸

你在路上再一次观察到了白鸟
它起飞的姿态，像极了你在城市抬头看到的飞机
但城市的更硕大只要起飞便是异地，而乡下的
终究还是会扑腾着——坠落

你想着，你的下一代必然在众星上醒来
枕着还没来得及降落的雪，将坐忘整个冬天

长大

蛮蛮
穹顶之下

我是如此熟知水性，懂得游鱼在秋天的生长过程
隐含的褶皱也只是，必然会被安抚的水纹

常年的干旱在我身体里行走
走失了雨季、河流以及以水命名的肉身

但人间事，因此便略知一二
学会了用固定的词组重复近似的结构
在人群里获得了人群的身份

钥匙

蛮蛮
穹顶之下

我们偶尔交谈，隔着手机屏幕，或者隔着口罩
话题细碎无边，但也没能超出一个城市
——武汉

听说隔壁单元七楼的爷爷走了
就是搬来时给我们指路的人
出门前他依旧没忘带家里的钥匙
只是再也没能用上
临死前都挂在腰上等回家的儿子

日光漫过来，不难让我们想起去年的春日
郁金香造访空无一人的广场，流浪猫依旧还在流浪

北上

北上十七年，他从青年走到了中年
乡村，自然是回不去了，可他也不属于城市

在第三年，他有了我
于是，活着多了些需要完成的目的
第十三年，又添了我弟
活着，对他而言似乎是一项艰难的事业

如今二十七年了，举家迁回了南方
在这里，正月没有雪
但他仍然对严寒保持敬畏
过年的时候，他总是给我们念叨
要如何熬过冬天

有关妈妈

蛮蛮

穹顶之下

她嫁给我爸，带着异乡人的姓氏
失去名字，从成为我的母亲时开始

她读书不多，那个年代
爱一个人的方式，简单到只是给他生儿育女
于是十年后，又有了我弟
十年里，她老了母亲，也没了她的父亲

妈妈她不知道，这一生
我必然会循着她相似的路径
用生命去历经生命
然后从人群里，捡回自己的名字

阳光在低处

蛮蛮
穹顶之下

有感于雨水的诱惑
梧桐，从风起时便开始剥落
知了在这几天，被叫作
寒蝉，声声地喊疼

还好雨不大，只是绵长
入侵祖母的关节之后
转身便占据母亲的更年期
女人，突然就在雨水里老了
湿气太重，让我忘记了
她们也曾在雨水里年轻

雨后，阳光在低处
顺着苔藓生长的路径
绕过台阶缓缓爬行，事物
都回到了静默
带着水色和本初的名分

老去

蛮蛮
穹顶之下

变老，是从失去夏天开始的
也不过问，候鸟与蚂蚁的迁徙
无所事事的时候，陪同河流醒着
不再好奇，也不再
因为夜色坚硬而寂寞

至于忍耐，作为生活的延伸部分
一点点渗入臃肿的中年
驯养一匹野马，并不需要一次雪崩
日子冗长，已经是诱惑的出口

岁月忽晚，却不必再
为众星哭泣。无路可走的时候
至少还有琐事分心，稻田
一茬覆盖一茬
沿着金黄灿烂的路径

口罩挂在三月

蛮蛮
穹顶之下

似乎已经很久了，她把用过的口罩挂在窗口风干
听说这样可以重复使用。直到被隔离后
口罩，再也没被谁取下来
随风晃荡，像一种枯瘦的留白
窗外早樱开得很艳
企图用色泽锁住春天
等她回来时，樱花也都谢了
玉兰渐次打开封闭的身体
延续着城市的三月，家里
水果发霉了，土豆也长了芽
只剩下那只口罩还挂在那里
如同她被囚禁的亲人

她

蛮蛮
穹顶之下

她不再羡慕比她美好的事物
不再厌恶衰老、乳房坍塌
也只是像腰部隆起一样寻常

她受困于活着的琐碎，受困于
一家人明天的口粮
偶尔，她也会忘掉过剩的生活
以及作为妻子和母亲的身份
想起年少时候
那些不为人知的情欲和雨水

也是这时候，她轻得如一纸被遗弃的书信
即使盛满了六十七年的黄昏
也抵挡不住，那突然潜入的风声

老人回来的时候

房门关着，就像他们离开的下午
两个老人都被感染，被隔离
花了将近一个月的时间
到底，还是回来了一个
天色将晚，云层染了夕色
覆盖着街道，街道上空无一人
只剩下早春桃花高过头顶
随风摇落的花瓣
替老人，声声地哽咽

拒绝辩护

蛮蛮
穹顶之下

多年以前我们也这样躺着，以相反的方向
姿态的缺席像窗口萎蔫的雏菊
就算等到秋天，也长不出新鲜的样子

房间里灯光又一次加深我们立场的色度
月色探进了屋子，铺开温和的静止
你我都放弃了昨天的争吵或声辩
在夏天的夜晚，紧闭着身体
借沉默以修辞

晚年

蛮蛮
穹顶之下

她生六子，养活了四个
丈夫去世后又是长子离开
接受这个事实，她从哀号变成了抽泣

不再像年轻时候的琐碎
她倦于跟别人讲起眼下的生活
剩下的日子，活着，变成了吃力而疲惫的事情

难受的时候，她就提着香烛
到老头儿坟前坐坐，跟他说说
等夕阳淹没群山星河寂寥时
再回去，颤颤巍巍地穿过
和她一样年老的村庄

分手

蛮蛮
穹顶之下

时间维持着漫长的撕扯
像所有重大事情所需要的仪式感一样
我们郑重而决绝地站在彼此生命延长线外

我们因为过于完整而失去
从此，我需要戒掉在雨天想你
像被海浪推到沙滩上的游鱼
干涸到喊不出自己的名字

父亲老了

蛮蛮
穹顶之下

他不再喜欢提起
那些年值得他一再炫耀的事情
空闲的时候，他更多的是在关注一堆养生谣言
母亲的身体状况变成了我们聊天里几乎全部的内容
无话可说的时候
他像乖孩子一样低着头，独自衰老
日子深陷在他身体里，埋下古老的敌意
等到他起身的时候
笨拙得比我当年学走路时还要吃力

新年辞

蛮蛮
穹顶之下

我都二十五了，母亲还是给了压岁钱
她说，还没出嫁就是孩子
父亲已经到了知天命的时令
时间从他头上衰老出更多的细节
姥姥今年病了，奶奶也是
重庆把雨雾都摁进了她们身体里
新年了，重逢自开始便酝酿着告别
我和碾过我的事物一起，小心翼翼

痒

蛮蛮
穹顶之下

倦怠，像拉链彼此的咬合，又一次重复着
昨天以及前天的拥抱。身体一再磨损
同样也成了被厌倦的部分

曾经，我羞于启齿的爱到现在已经懒于启齿
等到你也不愿意说话的时候
雪就会落下来，代替我们交谈

爱你，在冬天
变成了迷人而艰难的事业

大雪记

蛮蛮
穹顶之下

大雪和风声中有你，十二月适合我们谦卑
被折叠的傲慢深植于鸦群体内
送信人拾级而上，所路过的，都属万物有灵

我了解你所看到的，比如脚印、落叶、流民
以及寒蝉的尸体，它们储蓄了一年以来的危险和疲惫

正如你所看到的，微小的事物总是深藏着全人类的
苦难
大雪懂得这些，这令我有些感动和伤心。或者
等到春天以后，你也可以爱它们比现在更多一些

日子

蛮蛮

可以言说的越来越少。风在黄昏，把我们彼此推向沉默
海岸线遥相呼应，又一次把你我卷入了水声之中

光，剥落出万事万物的年轮，你我也身在其中
都秋天了呀！关于秋天，我所知道的并不比一片银杏更多
有关生活的消耗，只不过是涌向你的那一部分潮水

让我为你指认每一片星辰和黄昏
终于懂得沉默，多年以后，我将以此表达疼痛

给爸爸

爸爸，想您的时候，城市突然就老了
念及慈悲欢喜，风在枝头来回动荡
重复着千万年前就开始的困惑

爸爸，许多年过去了，我依旧记得那些人
您看窗外，人群拥挤，来回交换着疼痛
我知道的，其实，十月并不适宜悲伤

爸爸，秋天将我们不断地过渡成他者
死生疲劳，爸爸，您看我多像
我已经老去的父亲

与世书

你无法不经由怀疑抵达生活，像河水回到两岸
以分子的形式深入万物

终有一天你更会热爱庄周晓梦，热爱得鱼忘筌
忘记蝴蝶和鱼的寓意，回到事物本身最原始的起点

你知道的，十月远比我们想象的
要温暖，要残忍。你知道的
十一月依旧是一场结局注定的摇摆
晃荡在今年新雪之中

生活并无常新

蛮蛮
穹顶之下

说这句话的时候，日头又高了一些
麻雀争相啄食，端午的潮水收回它昨天的幅度
已经凋零或者还未开放的荷花，都占据着
相同的属性。我们面对面坐着，像是被重置的部分

电视剧情节拖沓逻辑不清，但我们依旧热泪盈眶
就着别人的故事下饭，到底可以缓解我们
无话可说的尴尬。你厌倦陈年旧事和我渴望新雪
其实都是一样的，我们彼此辨认，彼此给予消极

天色尚早，但似乎没有什么还可以发生
你欲言又止，抬头间，看秋天还很远
落日也没有尽头，生活并无常新
这时候风起云动，承担了太多稀薄的情绪

一日三餐

蚕蚕
穹顶之下

我已经疲于告诉你今天的琐碎
激情褪去后我不愿意声张
我爱过你，就像一条鱼从缺氧到死亡

多么难受，其实只是季节换了
我们应该学会去安静过渡
一切正在来临，我提醒着自己
我们的耐心应该比岁月更长

晚上，我把饭菜做好留在桌上
我突然慢慢退出我的身体
旁观自己被日子包围，我爱你
已超不出一日三餐

略为悲观的时刻

蛮蛮
穹顶之下

年底，一些事物在自己的身体里变重
动一动就疼，骨骼结合处，似乎都有回声

我不再对万事万物好奇
不再惊喜于一捧麦子成长为面包的过程
父亲弯腰时的吃力提醒着我
我儿时的英雄已经败给了黄昏

和衰老相关的事物，总是在正月降临
比如寒鸦晚归，穿过方言
看暮光，覆盖着新坟

妈妈

蛮蛮
穹顶之下

妈妈，喊你的时候，武汉已经秋天
本质上而言，季节只是时间和界限，与我们无关

妈妈，长久以来，生活变成了一件勇敢的事情
但我并没能因此变得勇敢一些
无路可走的时候，我总是在深夜想起小时候的村庄

妈妈，我的脐带连着你当年的疼痛
而我醒着，借新的疼痛盖住老的一重

妈妈，“流年并无新意，经年只有旧梦”
妈妈，我多想回去，从武汉到重庆，从故土到子宫

阿尔茨海默症

蛮蛮
穹顶之下

然后，祖母真的累了
收起针线，收起她缝缝补补的晚年
一个人坐在门口石阶上
等她的老伴儿，也没了兴致
再和儿孙们聊起与祖父相识的那个秋天

祖父拖着整个村庄的影子回来
放下锄头，从头开始和祖母再认识一遍
此时群鸟归巢，流水收留了路过的倒影
夕阳静默地
交出决明子和远山

3.

万物可爱

H，没能告诉你的

蛮蛮
万物可爱

车头向前，带着你身体惯性的静止
乘客各怀心事，头顶异乡的风雪
生活所能给你的，不过是冬天本身的意义

你依旧迷恋简单的事物
固态的情绪，总是能在途中找到它们
然后，在你体内实现相互溶解

远方在更远方，旋转、倾斜，以炊烟的姿态缓缓上升
父亲在沉默的加速度里猛地衰老
看着你，在他曾经乘坐的列车班次里也将成为父亲

写给 H

我们总是习惯为秋天叹息
殊不知它同样也被白昼深爱
即使，它远离了那些发烫的名字

H，你应该顺着时节往前走，原谅
黄昏在花园里卸下的巨大阴影
当然，夜色的确过于庞大，庞大到
终究将它自身湮没，那时候
你便可以在启明星里寻找你的父亲

还有什么不够完整，什么就会将你拯救
比命运更清澈的，是你看它的眼神
绝望必然是一种静物
只要你，在秋天里仍然年轻

H，有关回答

蛮蛮
万物可爱

为你，预存了所有干净的时刻
你得相信日子的留白，都可以盛下
生命关于孤独和秋天的传说

银杏铺满没有尽头的小巷
九月再一次跟北国讨要远方
等到你和生活终究没能
相互驯服，枫叶便会点燃日落

多年以后，我知道你的骨骼
依旧会像今天一样清透
临风而立——唱咯血的歌

致 H

蛮蛮
万物可爱

我们总是从高地观察生活
看草色湿透，阳光顺着台阶，渐次围拢
似乎，所有的事物都有一个长于秋风的铺垫

抬头，九月和黄昏在树梢延迟
也是这时候，我们专注于词语本身
开始追问命运和秩序，我们一如既往地感到匮乏
感到和自己、和时代的陌生

多想，和你再走过一段小路，最好也是下午
聊聊贫穷、苦难，以及伤痛
其实我知道，它们都会长于岁月，短于叹息
就像，生活本身那样迷人

我们都和万事万物一起，忙着生，忙着死
忙着遣词造句，忙着无所不能
你能说的也只是，当九月撤退时
从你我体内，终会掏出野菊和银桂的花香

重逢

蛮蛮
万物可爱

隐藏在身体里的旧事物
在十月，并没有顺应季节长出新的骨骼
即使你我念旧，但说起往事，身边都早已是新人

雨剪梧桐，植物都各怀心事。秋天，在武汉尤其残忍
听风一寸寸陈述，你在南方混沌的经历
河流向北，直指下一段情节

我不再说起白马的孤独，等雪花谢幕，腊梅反复地
死亡
你便会从春天回来，带上南国早开的桃花

喜欢

蛮蛮
万物可爱

喜欢你很久了
突然说起来，像是在聊多年以前的事
一些不为人知的喜欢，就像路旁的木槿花
在栅栏以外，怯怯地开

你云淡风轻地笑了笑
算作对我的回应 , 也像是温和的拒绝
我也跟着你笑笑，继续说着没有说完的话

看上去，我们都无所谓，多么的轻松、平淡
像是在聊别人的事情

风来了，开始的时候，它摇一棵树
摇树的枝干，和叶片那带着鱼鳞的光斑
风近了，紧接着，它摇晃我们
摇晃我迟疑的勇敢

大雨还在下

蛮蛮
万物可爱

那是一个漏雨的下午，鸽子肚里咕咕着流水的回声
香樟树站在小区侧门对面，让雨水和躲雨的麻雀都有了着落

雨势更大了一些，委身于街道、于湖泊，委身于一些车流和人群
我们在雨里交谈、拥抱，交换潮湿的抱怨与命运

或者等到我们更老一些，耐心，也会比雨季再长一点
也是在雨里重逢，收起满身水渍，一起聊聊今天的坏天气

误入

蛮蛮
万物可爱

十月，你必须打开房门，成为一个和秋天有关的人
如生活所述，让我们安静的，也必然让我们沸腾

返程中，那些迷人的缺口，你不必一一脱下
误入，仅仅只是向步子交出沉默的秘密

也不再过问，屋外走失的羊群
落叶如雪，就这样，让我们放纵，且彼此相互地耽误

色调

靠近一种虚晃，以玫瑰花香消散的速度下降
我们总是恐惧密闭的事物，像经书里转徙的轮回

不要试图在纸上探讨色度，除非你比荒废的夜晚
更漫长。信上走笔落叶的掌故，它是花色更深时的
模样

总是希望从一种色泽里汲取暖意，消耗尽壁中炉火
我会将故事从头讲起，听你的名字在火焰上隐隐发光

关于深秋

蛮蛮
万物可爱

开始拒绝坚硬，而不是因为恻隐之心
季节终究不恋美人
深秋里，都不约而同地老了几分

今夜无雨，猜想，月色该在怎样的色度中醒来
然后在晨光里完成转身

也不再怀疑雁群，那些被排列的气候
也必然会循着十月天延伸的路径坐拥一整片天空
然后，便开始了有关于冬天的叙事部分

晚安之前

蛮蛮
万物可爱

日光覆盖了鸽子起飞的姿态，倒影碎成了水纹
风声知道飞翔者的全部软肋，即使它驱赶的只是花香
不妨想象一次深掘，像河流磨损两岸的过程
在重叠的暮色里相互内耗，一点点拆解
我们也是这样，晚安之前，不用交出任何的姓氏与
名字
收拾全部的情绪或者情节，摊开双手告诉你
河流所淌过的掌纹

狗狗

蛮蛮
万物可爱

光线有些发白，和它的毛色相互呼应
其实它在等暮色能够更深一些，正好盖住一些伤心事

蜷在沙发上，已经快一天了
似乎找不到可以让自己哭泣的事物
但看上去仍然很伤心

在我们收养之前，它是被人遗弃的
然后，自觉地学会了沉默，学会了把情绪收拾得干净柔软
装进它柔软干净的眼睛

在异地

蛮蛮
万物可爱

影子从故乡，一直尾随而至
散落在马路延长线上，叠合着桂花隐约微弱的香气

十月，我们不说重庆，等风声带着西南的体温南下
那时候，我才能原谅在武汉周转迁徙的蚁群

在异地，我们谈起秋天，似乎在说故国的伤心事
允许土地向天空再次褪回褐色
听，故乡正风尘仆仆地赶来

她坐在窗前

蛮蛮
万物可爱

她坐在窗前
梳理自己的马尾，像鸟雀清洗自己的羽毛
毕竟，热爱生活的人务必在细节上认真
她是如此的缓慢
慢到白云从窗外离开，银杏叶一片片地往下掉
慢到她手种的草莓，顶着风，又长出一截
认真做事的时候，她否认她是寂寞的
哪怕孤独都是一种蔑称
梳完马尾，她继续整理书桌、打扫阳台
做一些无关紧要的事情
这时候，她感觉自己脱胎于那出走的白云
往下的银杏叶或者疯长的草莓

古钟

租的房子在汉口中心地段，打开窗
就能望见民国建筑遗留的那口大钟
四个面，站着不同的经纬度
纽约时间、伦敦时间、东京时间、北京时间
它们时针追着分针跑，分针追着隔壁的分针跑
没日没夜地跑，丝毫没有退让
纽约游行示威，伦敦疫情得到控制，东京封城
所有的种种，也都发生在北京时间
我和它面对面站着，相互为证
偶尔一坨白云路过，它看见
我也是这古楼体内的钟声

满河星子

蛮蛮
万物可爱

冬天更深了些，人和人需要靠得更近才能取暖
这是母亲告诉我的。其实，她不知道的是
街口流浪的猫也清楚这个秘密
等到铁塔上麻雀裹起最后的日色，抖落刚升起的灯光时
火车便会回来，载满异乡人的心事
不久，雪花必然顶着温柔的暴力，在广场上卸下整个北方
你便会看到满河星子
给孩子和老人讲起和去年相同的故事

种草

蛮蛮
万物可爱

我迷信距离，爱你总是以守望一棵树的方式
在南方小城尤其如此
风声会帮我截停闪烁的阳光，我想把
所有美好的事物都给你

你总是任性地把自己打开，向天空生长
然后以影子的形式回到大地
夕阳越老，你的身体越长
似乎，你的每一种姿势都是好看的样子

爱一株草，可以理解成自恋的出处
毕竟不是所有的生命，都能拥有玫瑰的花香

大雨

夏天的暴毙，在武汉必须以猛烈的方式
雨水入侵珞珈、东湖以及法国梧桐的树影

颤音缩回河流声部一反弹，便淹死了蛙鸣
不要追问，在雨里，你必须信仰万物的水性

日光试探着广八路的车流和人群
水汽倔强，打湿了头顶扫过的雁声

拿铁

蛮蛮
万物可爱

拿铁是我们收养的流浪狗，不到十斤却心怀天下
它喜欢所有不伤害它的人
爱得很廉价，就像小时候的我们

给它取了一款足以失眠的名字，像极了我们那时候的
年轻
可以佯装忧郁、文艺，消磨一些不为人知的小情绪

它现在躺在我的脚边，瘫成了一杯磨好的拿铁
无所事事地趴着，消化着身体里的痼疾

野兽——写给竑桥

蛮蛮
万物可爱

雨后，你必然隐于枝头，像腊梅在开花之后才完成抽芽
毕竟生命中，我们不敢妄论的变得越来越多

你起身时的姿态，让我想起了我已故的祖父
他也像你一样，喜欢在天黑以后，模仿鸦群的表情

我看到你眼睛里有雨水倒挂的世界
在下坠之后才完成轮回和重生
不能给予你安慰，我知道，任何同情对于野兽都是入侵

依旧在雨天给你写信，回避梦想、过往以及爱情
只告诉你——珞珈山头樱花渐瘦
你是它体内未完成的温柔和冷峻

五岁

蛮蛮
万物可爱

冬天了，你弯下身子朝流水打听游鱼的去处
雪花落到水面，跑出了云朵的速度
天空悬在你头顶，认真地蓝着
树影斑驳，如同没有标点的叙述
五岁，你对所有的遇见都充满好奇
充满蒲公英要去远方的想象
你总是有一些没有来处的困惑
为什么只有夏天才能穿小裙子，为什么
有西瓜、冬瓜、南瓜，而没有北瓜
为什么湖北和重庆下的不是同一场雨
为什么大人总是没有疑问，但还是不够开心
你习惯争吵后，毫不费力地去拥抱对方
那是成年人，花费半生也学不会的事情

英雄和史诗

蛮蛮
万物可爱

想象一只飞鸟，悬于桅樯
起飞的姿势已经造就了必然下落的过程
其实，我们都命定其中
借扑腾的羽翼，供养黄昏和人群

捕鱼人临水而居，守着涛声
那些古老的寓言总是诱惑着新的渔民
直到又一次把烛火用尽
隔着阴影，成全那些伟岸的造型

被惦记的月亮，到底还是会来的
在星空下赎回一个名字
至于那些传说和晚祷
你在拥有时便已经失去它们

青春期

蛮蛮
万物可爱

你必须学会在春天到来前收集容器
并且在容器盛满雨水后甄别土壤
即使不再信仰节气也应该种下
油菜或者雏菊
植物终究会借助土地给你回应
即使它们把交谈让渡给受孕枝蔓
也会告诉你果实的真相
那时候，你或许会再一次梦到你的少年时代
你爱过花草的虚无和空洞，以及爱过种植过程的本身

四岁的世界

蛮蛮
万物可爱

她安静，如同还没来得及起风的湖面，清透明澈
干净得足以让我们在她身上打捞自己的影子

她最引以为傲的事情，是她可以从一数到一百
背诵三以内的乘法口诀。虽然，她并不知道这些有什么用
但从大人的喜悦那里她得知这应该是正确的事情

对于世界，她也有自己的困惑
比如天黑了为什么必须睡觉而星星却在外面玩儿
比如，狗狗四条腿走路，为什么她不可以

四岁的世界真的很大，关于宇宙星辰，对人世充满善意
四岁的世界也很小，关于刷不刷牙，都可以遍及悲欢离合

速写

坐下来，我们按照周末的逻辑理解此刻
黄焖鸡热气腾腾，就在昨天下午
它还在活蹦乱跳，在巷子里寻找碎米
而此刻已经被端上了餐桌，迎合我们挑剔的味蕾
邻居小孩儿因为偷窃而被罚站
他七岁了，小学二年级
仍需要一次次试探和犯错来确定他和他人的边界
奶奶趁着难得的好天气把被褥搬出来，反复晾晒
她苍老的手抚摸着和她一样苍老的世界
弟弟给来访者端茶，伸手指着墙上
他在幼儿园捧回来的灿烂奖状，一一介绍
鸽子在房梁上咕咕咕咕叫着
和结网的蜘蛛一起，俯视这偶尔的人间

石磨

我亲眼看到祖父是如何打造它们
看到一堆怪石成为石磨的过程

首先，要找到比命运更坚硬的石头
从石头里，找出磨的轮廓
一刀一斧一锤，我能听到石头在尖叫
它们之中，有的成了台阶，有的成了墓碑
还有的，依旧在原地，偶尔在雨后
身上长满青苔，扣留住露水的前半生

石磨打好了，祖父抓起一把黄豆试磨
豆汁沿着边缘缓缓流出，像是
在抚慰石头的伤口，更像是石头所能掏出的
柔软的耐心

比如

蛮蛮
万物可爱

一定还有别的事物让我们安静
河水已经凉了，枯枝悬在高处承接更高处的雪
黄鼠狼躲回了洞穴窥探着远处的猎物
这是冬天偶尔的黄昏，一片云消散后去了他处
北风哼着进行曲，以父亲老去的速度追赶着我们
年轻的树木也旋出一层新的年轮
时间，没放过我们当中的任何一个
一定还有别的事物，让我们安静
如同大雪纷飞，大雪浩荡，大雪消融
如同大雪找到水的来处与去处

雨后

雨后，总有一些事情等待发生
我们依旧埋头于生活，积攒新鲜的疲惫

地铁口的卖唱歌手换了几首新歌
便利店短暂收留三五农民工
洒水车还哼着《我是一个粉刷匠》
微风撞见了你遇到的每一个人

城市，依旧延续着我们熟悉的密度
人群和车流撤走的时候
你依然可以听到老街偶尔的钟声

武汉，在十月

蛮蛮
万物可爱

我们对话，以野草生长的姿态
梧桐叶挂着初秋的白露，向我们敞开

东湖的水就要退到石阶以下了
你说你想起故乡的池塘
遥远的重庆，瞬间缩回到一个橘子里
带着澎湃的汁水和有关土地的想象

十月的武汉，总是给异乡人安慰
不用借用鸟鸣也能讲述深秋的典故
时间撕开的口子，往往用故事缝合
好比阳光翻越群山，最后，都落在我们的身上

你知道吗

突然跟你提起芦苇，提起儿时我失足的水岸
以及被雁群来回搬运的季节
你知道吗？我想谈起的是泥土生香的人间
或者你我都已经走失的童年

秋天在我们说话的时刻突然来临
带着微薄的凉意。那爬满祖父肩头的落日
浩大地降临在父亲身上
我们一直在枯黄，不可逆地生长

面对深秋，你知道吗？雷声在高处断裂
我有流水之意，却没有液态的归途

深冬的夜晚

蛮蛮
万物可爱

冬天特有的寒意让我们彼此靠拢
或沉默，或偶尔聊天
柔软的眼神也像那壁中炉火
不说什么，也是一种告白

你看，雪地依旧保持着辽阔和通透
它在等群鸟吵闹，划开身体里浩大的寂寞
长夜漫漫，不如让雪下得更深一些
身外万物明澈，都在此刻，开出了雪花的姿态

和寒冷的疏离，可能来自我们对暮色
阔别已久的想象。如果你在风暴来临前睡下
我想和你在梦中对话的人，一定会在清晨里
别着腊梅缓缓归来

风一吹

一场雨后，城市如瓷器
风起而清透、坚硬，有着干净的光泽

被这一场雨打湿的，那些微茫事物的局部
手提自己的影子彼此呼应
仿佛，终于成为城市潮湿的注解

街边赤着脚打盹儿的女人
多像七月里荷花静止的垂首
旁边那些站着的草木
风一吹，也动了恻隐之心

细小的事物停止了啜泣

蛮蛮
万物可爱

雨水必定比村庄浩大，催肥了梅子，瘦了父亲
那些淹没在雨声里的情绪，也湿了身

一个人长大了如果对村庄还有执念
必定因为雨水。漏雨的瓦房、被洗净的竹林
满是江湖的院子。那些潮湿的名字变得纯粹而温润

在乡下，在雨中，细小的事物停止了啜泣
借着倒挂的雨水，像群星一样彼此照亮
并不害怕在某种湿度里，终其一生

必要的停顿

一场暴雨，像是对夏天最朴素的补充
透过雨看城市
古钟更老，故乡更远，我们更轻盈

当然，从一场雨理解武汉，有着不可回避的单薄
被打湿的梧桐呈现更清晰的脉络，沿着那些分杈
仿佛，你能找到冬季在树上走失的风雪

不可否认，一场雨
至少是认识一座城市温润的路径

雨后，汽笛代替牧笛把城市拉长
深陷城市的车流，像被我们驱赶的牛羊
追随着阳光坠落或摇晃
夏天，就这样，突然停滞在一条马路中央

尽管我已经失去了六月

蛮蛮
万物可爱

被反复推敲的日子，我们一次次修改自己
从走过的路，看过的书，甚至喜欢过的人
像树拒绝树叶一样，在日子里，我们也反复剥离
去置换季节本身

仿佛时令对草木的邀请
借一阵阵风去一点点交换对时节的感应
温暖的阳光下，我们一坐，就是夏天
即使已经失去了六月，但并不影响
我们和万物的连接。听风，看浪，任雨水
一点点冲洗城市的陡峭

小光阴

你不用和我保持相同的静寂
如果是雨季，世界还是需要更热闹一些

我从风干的橘子里掰出早年隐藏的香气
重逢多像是，一种味道的填充
也像是一滴雨，撞进另一滴雨里

城市里依然有泥泞路，长着青苔
在你抵达之前，借助阴暗和雨水
在角落里，不断地撑开自己

落日往下

蛮蛮
万物可爱

已经有些晚了。落日往下
练习一种深陷的姿态
夜色架空了枝头，再深入一点，你会看到
群星在相互交换心事，不小心会抖落一些细碎的光
蛙声绕古井，风声穿过丛林
老树仿佛更老了，年轮连同衰老都是一样的迷人
那时候，祖父尚在，祖母依旧琐碎而年轻
我不知癌症和死亡为何物，能够心怀宇宙
可以爱着见过的所有人

下雨天

蛮蛮
万物可爱

雨水，在同一个窗外，一直从春天下到了秋天
从去年，一直延伸到明年
那些被雨水浸泡的事物，有些发霉，有些长个儿
还有些在腐烂后也偶尔发芽
它们都在雨水的倾斜里，完成相互辨认
至于人与人之间，有的相遇或者重逢
更多的是彼此走散。带着相似的水渍
那来自天空的祝福，并不需要，神的确认

一刻

蛮蛮
万物可爱

十月，群山接过夕阳辉煌的沉没
把余光留在了树杈或者屋顶
晚风向西，托起灰鸟归巢的羽翼
仿佛有那么一瞬，不管你说什么
都指向静止的永恒

祖父从地里抱回了臃肿笨拙的南瓜
给我们讲起今年肯定有个好收成
柴火在灶里继续着落日的燃烧
火光跳跃，敲打着祖母的皱纹

我们围坐在院子里，守着星光邈远的战栗
这一刻，如果你被月色惠临，就必然
拥有干净的一生

小狗拿铁

拿铁是一只流浪狗，毛色黑白相间
瘫在那儿，就像一块胖胖的大饼干
它依旧保持着流浪狗的习性
温顺、怯懦，需要讨好每一个人
就算偷吃一点东西，都得小心翼翼

它得多畏惧这个曾经抛弃它的世界呀
有时候，叫一声“拿铁”
它的反应先是颤抖，然后才是欢喜

拿铁喜欢趴在我脚边，耷拉着耳朵均匀地呼吸
我就这样看着它肉肉的小肚子
缓缓地隆起，然后又慢慢地塌了下去

入夏

蛮蛮
万物可爱

夏天笨拙地在武汉铺开
而不是选择缓缓地，渗透
江汉滩、黄鹤楼、昙华林的古木
一点点回收，蜷曲成热度的一种
落日盛大，有着比月色更猛烈的抒情
芦苇长到了齐腰深，站在光里，像是久违的亲人
荷塘在炽热里一步步接近花期
只要你在岸上大声地喊，满池暮色都是回应
只有法国梧桐在高处静止不动
无风的时候，呆呆地杵在那里
似乎，睡意昏沉

有关雨水

蛮蛮
万物可爱

每一滴雨水，都如同一个词语
落在地上，似乎都有回声
打湿那些寂静中的事物
看起来，一些宽厚
另一些绝望，还有些带着凉意的悲悯

雨水大多时候应该还是保持喜悦的
至少，万物为证
在它们透明的身体里装着无数的名字
所映照故事的结局
也成了我们在某一刻失重的起因

土豆

它肥硕、笨拙，仔细闻还能嗅到泥土味儿
它应该来自乡下，像祖父一样的老人亲手种植的它
给它浇水、施肥，寂寞的时候，还会陪它说说话
它比一个孩子熟知土地的习性
也就意味着它更懂得如何在霜打白头后学会成熟
不久后，它便离开了土地
躺在了大卡车里、超市的售货台上
以及我们家厨房的案头
手切土豆，听它的身体脆脆地展开
就这样一刻，那些关于老人、土地
所历经季节里的日头，都纷纷赶来
而后，又像土豆丝一样，脆脆地碎开

蒜粒

蛮蛮
万物可爱

先生在厨房里蹲着，给我剥蒜
一颗颗，一粒粒，白白胖胖的蒜
剥好后逐个放在我的掌心
他总是把一些小事儿弄得郑重其事
像是在交付一堆小生命
我把他剥的蒜切成片状或者小颗粒
做剁椒鱼头、麻婆豆腐，还有脆皮土豆丝
小蒜粒都会在各自的菜里找到，关于自身的秩序
在姜丝花椒以及料酒的争执中渐次走向炽烈
直到饭菜上桌，我们都热衷于讨论每一道菜的咸淡
而忘了遗漏在蒜粒上的那一小段光阴

阳光呵，阳光

蛮蛮
万物可爱

早上七点，在还没起床的空档
阳光就从卧室的窗口探过身子
暖暖地铺在了地上
从榻榻米开始，接着是玩偶
被子还有一些护肤品和杂乱无章的书
都被一一照亮
阳光带着轻轻的、薄薄的小欢喜，把房间充满
让我和所有被搁置遗忘的事物
看上去能够不那么孤独

给糖豆剪指甲

蛮蛮
万物可爱

狗狗的指甲是和肉生长在一起的
其实这是我之前所知道的常识
但剪子一下去还是破了口
血珠子止不住地往外冒
糖豆看着我，嗷嗷地叫疼
包了伤口，我又继续给它修剪剩下的指甲
糖豆依旧信任地递给我它的小爪子
带血的、还疼着的小爪子，有一种就义的孤绝
我每剪一下它就本能地抖一下
他们说，狗狗爱人类超过爱自己
这一刻我相信了这个说法
到底，糖豆从始至终都没有露出
比我剪子更锋利的牙齿

蔡甸区

蛮蛮

它已经接近武汉郊外
土地里种地铁，也可以种粮食
搬到这里只是一个偶然
落地生根的，除了我，还有银杏树的幼苗
都在今年春天麦子返青时长了几分
长出草木之心
周末的下午，可以很闲地窝在阳台
刷剧、看书或者逗狗，都是很好的
放任眼前的湖水慢慢地涨
头顶的天，慢慢地蓝

勇敢的人

蛮蛮
万物可爱

他认为世界很大，以及善恶到头终有报
要努力做一个良善的人。自始至终他相信
爱情，会成为婚姻的前提或者本身
从小谨记，过马路只走斑马线
即使讲故事也不打诳语
他从不质问一条路的消失
如果可以，他愿意承认海鸟的眼里藏着风暴
一匹白马可以替代草原远行
想起儿时短歌，他问出了和父亲相同的话
英雄梦陨灭后还选择诚实生活，是否算得上
一个勇敢的人

梅雨时节

蛮蛮
万物可爱

你知道的，我们必须历经绵长的雨季
才能在身体里种植新绿
短歌和牧马人，同时理解了我们的困顿
祖父说，梅雨时节家家雨。那是古人的训诫
我们从季节里熟知的应该还包含植物的情绪和意志
真好，听说梅子在枝头饱满而热烈
不过问长江以南那些水汽都在往身上靠
我们坐进雨水中，也成为液态的一部分

阳光喜人

拿铁在我脚边趴下，像婴儿一样安睡
它对世界的安全感都来自
我抚摸它时手上的温度，以及看它的眼神
它曾经也是被遗弃的，翻小区的垃圾桶扒拉剩菜为生
北风一来，它也是颤抖的一部分
今天的阳光，真好
看上去如同一个值得被深爱的世界
拿铁像是在母亲腹中躺着，似乎知道
它微小的疼痛和欢喜
只要叫一声，都会有回应

微视角

蛮蛮
万物可爱

我着迷于一朵花在黄昏时的坠落
像少女失恋时，忍不住地忧伤盈眶
终有一些凋谢借未完成去完成
等到蝴蝶闻风而动
时节便在此刻让渡给夏天
事实上，我们并没有因此想起过往
但花香入土还是把你我的孤独反复论证
就像从一滴水，穿越到多年前的闪电和风暴

取名

蛮蛮
万物可爱

大伯叫康能强，二伯叫康自强
父亲最小，叫康富强
祖父出身贫农家庭，读书少
他能想到对家国天下的担当
都用在了儿子身上

闲读记

蛮蛮
万物可爱

广场上人声鼎沸，人群驱赶着人群
但与此同时你看到，失恋者躺在 137 页抽泣
阳光穿过落地窗，就连阴影都是旧的
其实这并不影响一些感伤被拿出来反复讨论
整个下午，作为一个女人
你沉迷于另一个女人抽烟、酗酒、染涂鲜红的指甲
尤其是她在暮冬里生火做饭，停电时点煤油灯
觉得她在光里美得不可方物，值得花费长达八小时去
迷醉
楼下玉兰总在雨天选择脆弱，这已经构成足够的理由
让你去原谅，一个女人在乱世中的沉沦

在乡下

蛮蛮
万物可爱

想起曾经我们久居之地，春风跟三月索要桃花
星辰辽阔而寂寞，只认得年幼的孩童
只要在梦里，就能够一一叫出我们的名字
祖母说，乡下稻田在冬天只用来蓄水
她的话，带着秧苗的湿气，猛地锁住了早春的微绿
我们煮稀饭，种玉米，晒月亮
无所事事的时候看祖父在池塘捕鱼
祖母还会教我一些古老的民谣，都是用方言传唱
在多云的下午，尤其好听

自闭症

蛮蛮
万物可爱

阳光下，他大多时候都是沉默的
像一个丢了玩具的小孩
目光散漫，用被动的方式
和外界交换一些心事
没人关注时，他总是用力地想象大海
顺带着还能模拟涛声，以及浪花的咸味
他不知道，这是否是自己所特有的能力
借此，他给一种坚硬找到了消化的可能
母亲总是说他性格孤僻不合群
他也为此努力过
可是他更希望母亲能够知道
有些桃树因为种植的位置不对
等到四月都没来得及开花
笨拙地生长着，也值得
拥有一个名字

雨，落在广场

蛮蛮
万物可爱

雨，顶着车速，在风里倾斜
下午四点在湿度中冷了下来
临水而居的假说突然有了依附
四月，花了大把时间在下雨这件事情上
那些细小的坠落溅开了满地江湖
像是对一种辽阔悲壮的托孤
路灯还没来得及亮，天色便暗了下来
头顶灰鸽盘旋，还在找回家的路
行道树撑起了枝头的绿意
杏花不再过问江南

新天站

蛮蛮
万物可爱

新天站靠近四号线的尾部
迎来送往看人间的繁华和失落
偶尔有卖艺人驻唱
带着地铁外伤感的故事弹吉他、拉二胡
耗尽了一整天也就挣个百八十块
艺术不值钱的年代，尊严更不值钱
这女人应该是第一次进城
她穿的胶鞋是乡下才特有的款式
小时候我见爷爷穿过，背着我
翻越群山去隔壁村治肺炎
那女人跪着，膝盖枕在那双鞋上
跟着录音机来回地唱老旧过时的歌
依旧是烂俗的筹款治病
没多久城管就赶了过来，暴力驱逐
她被赶出地铁站，只剩下那一双胶鞋
还在原地躺着，穿堂风呼啸而过
它们却发不出一声哀嚎

中年遇雨

蛮蛮
万物可爱

先生，相较于雷声，我更害怕小荷的战栗
雨水凭空而下，掷地有声
收起这场雨，便获得了——中年的肉身

先生，我们必须承认，生活终究
比我们预想的要危险，要艰难
这些年来，房价、雾霾、二胎以及母亲的病
日子在你左手边，生生地喊疼

先生，人到中年，爱你，一如三餐的朴素
可有时候依旧有些吃力，也是这时候
黄昏，分外诱人

还没来得及借由雨水抵达你，先生，天空
已经转晴。草木露出更加葱郁的部分
你听远处云和云相撞，下一场雨也正在发生

吵架的女人

蛮蛮
万物可爱

我羡慕街口那个把同一件事
翻来覆去换不同的说法去跟别人倾述的女人
她对事物的理解和复述能力总是超出我所能表达
她的事情不大，只不过在她的认知里她应该
被人称作大姐而不是阿姨
我对那些被她拉住絮絮叨叨的路人深怀敬意
他们如此耐心认真地表示同情
如果时间不紧，还帮衬着指责对方几句
想到这里我感到无比颓然、失落
你们观看着我观看着他们观看着女人
在观看的时候，黄昏穿过街口
拖着漫长的无聊和疲惫

小城五月

蛮蛮
万物可爱

像是，一朵花没忍住春天
我对你的喜欢，如此的，耀眼而明显
我们一起走着，看梧桐照水，影子变得透亮
抬头看着天，跟你说起并不遥远的去年
你我也这样走着
日头的光线，轻薄、柔软，穿过层云
落在了我们之间

武汉入秋

蛮蛮
万物可爱

江水终于落了下去
比汛期更猛，西风入江城
一种秋天，必须以武汉命名

中百罗森的雪糕，终于开始特价
茶颜悦色的奶茶选择去冰
那高耸入云的危楼从鸟鸣探到雨雾
观光车还堵在路上，夜色却已经登门

武汉人的秋天，应该从十月算起
秋风埋人，比岁月更深
法国梧桐是在这一瞬间老去
随风招摇，像是祖父在等久违的我们

三月笔记

蛮蛮
万物可爱

今年春天稍稍晚于去年
桃花站在枝头喊燕子时，有红鸟飞过
叫醒枯木的晚年，芦苇荡绿得有些发翠
在视野里随风摇晃，满是欢喜
小孩儿扔出去的石子激起水纹，荡开一种辽阔
湖面接过影子沦陷在三月的恒温里
赶集的人路过，借方言得以相识
日头还在慢吞吞地赶路，阳光散落在马路牙子上
像是一种抚摸，也像是一次原谅

落日

蛮蛮
万物可爱

不远处，鸽子起飞，划开傍晚庞大的静寂
广场上一半以上的人群都将要或者已经成为母亲
她们必然拥有沉默而辽阔的爱
不仅仅是因为这个身份

玉兰高高悬挂着硕大的花朵迎着人群
义无反顾地绽放，抖落的花香足以圈养
蝴蝶和蜂群，草木春深，植被狠狠地绿
多么值得信任，黄昏里，落日以光的形式
填满人与人之间疏离的部分

三月

蛮蛮
万物可爱

三月依旧清澈，足以观照屋子外的万物生长
风信子偶尔在风中招摇或者停顿
猛地抬头，到处都是春天

植被争先往上，奔赴瓦蓝
日色簇拥着云朵，天空陷入一种浩荡
一条河划开两岸收留了三五孩童的幼年
小情侣席地而坐，静寂的小美好
便从四面八方赶来

狗狗糖豆

蛮蛮
万物可爱

糖豆在脚边蜷着，绵软、迟钝
如同陈旧的、被遗忘的坍塌
偶尔有蝴蝶或者苍蝇
它貌似已经过了好奇的年纪
身披日光和栅栏的阴影
就这样躺着。要花费整个下午
才愿意和肥肥的云朵一起完成一次翻身
它似乎很老了
需要把体内搁置的废墟都掏空
才能和世界保持一致的疲惫

周二叙事

蛮蛮
万物可爱

月光落下来的时候
丰盈、温和，还带着几分清澈
邻居家狗狗在阳台上顶着月光
用潮湿的语气和对门的狗狗打招呼
鸽子，回到屋檐下观看广场上槐树的影子
世界以加速度的方式回收，缩小成两室一厅
只剩下路灯守着道路假寐。雨水比想象的要遥远
阳台的鸢尾开了，成了从夜晚打开春天的谦逊方式

傍晚

蛮蛮
万物可爱

远处的灌木丛被水汽包围
好久了，植被都只是安静地专注于生长
和人群相比，似乎显得分外耐心

我从未感受到一种相似的巨大
即使被新移植的白桦树依旧在一旁暗自垂首
你应该适当地原谅那些过于漫长的事物
容我们等待，在雨季后它们端坐着
祈祷新的意义

河流节制的愤怒必将再一次打磨两岸的轮廓
傍晚，你不用急于告诉人们
那些孤独的事物是如何走向丰盈

早春

蛮蛮
万物可爱

终于，算是放晴了。层云散去，把天空推远
本欲向南的燕子打个旋儿，又飞了回来

阳光顺着台阶往上爬
在楼梯口拐弯的地方猛地停住了
风一吹，影子便斜了过去

墙头草高举着翠色招摇。白鸟飞过
惊吓到了迁徙的蚁群兵分两路在溃散
赶来的春天也陷入了混乱的战场
过往漏雨的瓦墙，如今又漏了光

洒脱

他们都不务正业地活着，或举身摇曳，或逆风行吟
纵身入水的影子像极了一种饱满的欲望

被雨水打湿过的，也可以说出喑哑的爱
被季节扣留住的，也可以酒约黄昏纳晚凉

他们活着，比新鲜的事物更接近一种具体
接近一种任性。以至于某个傍晚
没来得及打开酒量，只是
盯着远山星辰便荡气回肠说原谅

草木记

蛮蛮

秋天被叠合的深处，你必然
看到萤火或者晚霞的光
九月在山谷沦陷，草木开始赴死
盖住了无数下沉的水汽和欲望

还来不及说喜欢，影子便软了下来
趋于一种融解。夜色以加速度的姿态入侵
丛林静寂，万物缓缓衰老
似乎一切看上去，都很有耐心

关于爱，你或许有些误解
就像寒露时节，草色向天空
交出的枯黄，隔着暮色
却托付了一生的虚构

立秋

蛮蛮
万物可爱

暴雨浩大，足以放牧一个伤心的人
你在岸上，我们隔水对望
隔着雾霾灰沉的细节
垂柳谦逊，给你我灯火以及星辰的隐喻
夜色其实已经积蓄得太久了
我愿意交出影子
交出流水关于北方的想象

还有什么不能失去
一个夏天，历经了雨水反复的死亡
炽热只是时令的概述，那滚烫的声部
总是试图在你离开之前，说出秋天

那时候

蛮蛮
万物可爱

那时候，你对北方一无所知，也不曾见过下雪
所有的寒冷都来自你局部想象和心头雾气
生活安稳得不足以让你无端想起故人
那时候，母亲清瘦、温柔
喜欢在院子种植蔬菜养活全家
顺带着，还喂些鸡鸭
那时候，煮饭还是用土灶
生活朴素得有些简陋
常有白桦高过头顶
老朽的围墙兜售着梧桐的阴影
初冬，你必然坐忘于老屋门前
看枫树顺应季节交出猩红的伤口

珞珈山

蛮蛮
万物可爱

樱花落下的时刻
珞珈突然变得身体轻盈
偶尔莽撞闯入的狐狸，不念《诗经》
却得了书生的身份

到珞珈看雪
看十八栋后的荒地和鸟影
它们躬身的弧度和山形近似
静止的时候，多像佳人转身

二十五岁，站在珞珈山顶
和东湖对岸冷杉对望
看四分之一世纪的年轮
刻进它的体内，借山水的教养
长出我透明的肉身

至于婚姻

蛮蛮
万物可爱

找一个人陪你一言不发
把新鲜的人事过渡成值得怀念的过往
一起去理解古人的生活
在雨声里把唐诗宋词再默写一遍
生活能够承受不清澈
只要月亮依旧愿意收留我们

日子当然可以琐碎，比如
看南瓜从苗子生长到怀孕的过程
灯火映照流水，游鱼居有定所
落叶随风，也有着落
不再惧怕乌鸦死于寒流
生命足够温厚，扛得住
门外香樟日渐的衰老和消瘦

炎黄子孙

蛮蛮
万物可爱

你不必等到潮水退去才问起昨晚的雨势
也不必借雨水问我故乡。你必然得
循着流水的路径做一个善良的人
你终究得学会失去了长江，也能够
在河床上坐下复述辽阔的过往

你何须等山鬼醒来才行吟《离骚》
白马回头，夕阳等群鸟归巢后
卸下寂寥的天际。你看月光柔软
足以削减坚硬的事物
你我都在其中
以火焰的名义完成分行

诵经人

蛮蛮
万物可爱

在他身后，九月的云缓缓围拢
落在湖面和香客的掌心
流水抱着游鱼，抚平
被偶然掉落的果子激起的波纹
经书摊开，梵文出走，叩着呢喃的小木鱼
念佛之人从西北赶来，带着满腹心事
黄昏落在他影子上，温度可触
他又一次念起《摩诃僧祇律》
却惊了凡心

愿

蛮蛮
万物可爱

（一）

愿你深秋能见喜鹊，自由时也会选择流亡
愿你还可以接受颓废，酒醒时头顶有灯光
愿你掌心有月心底有风额头上有日落胡杨

（二）

愿你温热的身体能够善待欲望
愿你认真甚而偏执地爱过
一个南方姑娘

（三）

愿你千帆过尽，仍然朴素可爱
愿你年老时如初，热烈诚挚
如果可以，也能够被上帝原谅

（四）

愿你二月有雪，十一月有阳光
愿你的春天宽厚
能容得下世事无常

（五）

愿你被抛弃时

配得上孤独也能配得上悲伤
愿你可以宽恕他们
就像宽恕死亡

（六）

愿你永远选择相信
愿你永远可以慈悲善良
愿你的柴扉紧闭
门外也有万物生长

一月史

蛮蛮
万物可爱

一月我们都将重返故乡
承受深冬在母亲脸上的划痕
不再过问雪的去处
从父亲肩头上收回寒冷

我们在一月重新相爱
从问起你名字的地方开始
借彼此的身体打开春天
学习拥抱、亲吻以及告别

一月是唯一的人间
即使你从初生的叶子早已读出了秋季
也应该把渴念穿上
认真地去历经惊蛰和谷雨

客居武汉

蛮蛮
万物可爱

夕阳从父亲背上收回它最后的弧度
余光扫过武汉时，人间，已是冬天

严寒接受万物的朝拜，卸下又一场雪
问起游子远人，有谁正在归来

雪色铺开辽阔和浩大
鸦群把古中国抖落成整个北方

夜色开始起伏，人流淹没灯火
此时你应该起身，听，风从南来

高处

蛮蛮
万物可爱

风越过头顶，夜色因此显得有些暧昧
还没有来得及说出的话
像是，抽屉里被你久久荒置受潮的信

灯火有些危险，映照着诵经人
呢喃的小木鱼，终于在午夜压住了风声

僧袍上月光明媚
它一定来自遥远的高处
轻轻抖落的，是佛的慈悲

遇见

蛮蛮
万物可爱

冬天，珞珈山还守着沉默的轮廓
这沉默，来自多年以前
东湖有雨，雨水节制、内敛
断断续续地，下了一天

慢慢地靠近你，光，变得越发柔软
美丽的事物都借此拥有了温度
或许早已忘记，我们曾经相互遇见

或是出走，或是交谈
其实不懂得表达，说话前
早已经酝酿了整整一个秋天

姑娘

蛮蛮
万物可爱

她清澈
像东湖水迷上了阳光
就轻轻抖一抖
水波便灿烂地来回动荡
她不说话的时候
落叶，便代替诗歌渐次分行
一些美在她脸上沉寂
兜售着，风的走向

矮墙短草

蛮蛮
万物可爱

十月老瘦，在武汉尤其如此
光从法国梧桐往回撤
退回枯枝、落叶，退回一只蝉的暮年

雨水，时而生发
在午夜，借潮湿的温度将你我包围
身在其中，我们都共同拥有草的命运

小镇

蛮蛮
万物可爱

黄昏越来越短，乌桕，红枫
合欢以及银杏都深陷暮年
苍耳以身为刺，在十月
和他者保持着深褐色的距离

白桦树叶腐烂得很香，每一片
都曾拥有金黄色的荣耀，拥有过整整一个夏天
那小悲欢带着某种神谕，给予你我
以生命本初的平等

我和树一样，站着，从过去到未来
起风时摇曳，无风时入眠
等到秋风扫落叶万物始归于旧
我的肉身便越坐越小，借风声便可以
立地成佛，消逝在小镇此刻的黄昏

请务必记得

蛮蛮
万物可爱

遇见，一直很迷人
在那一刻我们才得以重构时间的严肃
像阳光初定时，叶子便黄
像雨落大地打湿了万物

凝视南方的时候，风，自重庆来
使武汉的事物获得了简洁和朴素
九月本不该过问炊烟，过问土地
以便异乡人可以被危险豁免

陌生人啊，请务必记得
生命远在褶皱之中
像被反复重叠的疲惫里
命运要求我们，相互活着

多年以后

蛮蛮

万物可爱

多好，我们应该学会忍耐
为了还没有抵达的地方
多年以后，新坟长满了小花
死亡依旧靠近可爱的事物
黄昏和黎明交替着掌管人间
无风的时候，夜色替太阳深爱万物

语言

蛮蛮
万物可爱

句子构成了速度，比你我更逼近生活
拒绝重复，拒绝裸露，拒绝冗长刻薄的彼此消磨

你读诗的时候其实比你更像你自己
一种呈现，来自古老的诚实
听上去真像是一件浪漫的事情
我们总是借助词语抵达，抵达
雨水和时令，抵达痛苦或者悲悯

你知道的，只有言语是真的，它从不过问
语言的逻辑。只是，坐忘于你我唇齿间的爆破

山川

蛮蛮
万物可爱

河流蜿蜒，此去，鞭打出群山的形状
山上有坟，有路，有草木年复一年的枯黄

在山上，多年来，植物早已失去了两岸
它们迷醉于出生，更迷醉于死亡

我总是从万事万物中寻找生命同构的隐喻
就像，我们生来拥有河流，拥有高于本质的假象

晨起无风，一夜的雨
雨水，授予山脉那河流多年以前的身体
多年以后，群山，将以泥土归还

此去

蛮蛮
万物可爱

我深信还不曾到来的离别，像节日一样
神圣、孤绝，必然与你我相关
预想过那时天气，最好是阴天
雨水不至，没有风起，可以多说几句话
要是沉默也挺好，陪你，再走走来时的路
天空的云不再像遇见时好看，鸟过无痕
它们都没有预留后路，就像
你我的离开也从不以重逢为前提
回忆，从此以后，便是时间的虚拟
像梅雨时节的春草，更行更远还生

空山寂

蛮蛮
万物可爱

风起时，你以大于自身的密度再一次
把故乡占领。河水回赠你以三千里不回头的曲折
你收下，赐草木以肌肤的纹理

多年前，我曾从你身体里出走，半生已过
我并不能因为离开而更靠近神明

你说，不怕，凡我所爱的，都是退路
你说，回去，空山新雨后，自有苍生

去向

蛮蛮
万物可爱

白日已尽，你喜欢的雨在南方靠岸
年轻的河流又一次走向饱满
生命总是耗费整个雨季去成全某一个时刻
一些隐喻，多像我们的重逢

山色沉寂，我尤其偏爱使人悲伤的瞬间
它们并不均匀地在大地上铺开
预谋着，一些你我必然会历经的错过
即使一开始就已经参悟，到底，我们还是会来

我依旧深爱又遗忘，你也一样
任由，古老的预言反复地折叠着我们
河流奔涌向前，植物在两岸，静默生长
你看远处，月光把草色缓缓照亮

眉山遇风

蛮蛮
万物可爱

晚风起时，群山渐次倾倒，那速度
比父亲的老去要快很多
一树白桦扎进夜里，看日月轮回
你我也在其中

流水过村，绕过你笔下诗歌分行的静止
走漏了风声，也是这样的时刻
万事万物互为底线
又一次，我们被温暖包围

如果此时有人出生，我想，必定是
基于对死亡的反省。我迷恋所有的遇见
像叶子跌入风中，雨水贴近湖面
那些让你我感动的明亮与饱满
多像，我们此时的重逢

断裂

蛮蛮
万物可爱

像是蓄谋已久，格桑在窗台上枯萎得恰如其分
你听，断裂是安静的，不快乐，不忧伤
季节也经由死亡获得了信任

可我们还是必须得耐心地活着
哪怕春天里，流水不再过问桃花开放的过程
我依旧热爱晚风温热，叩开柴扉
我依旧长久地等，下个冬天里风雪夜归人

多么难以启齿，我还是依恋你伪善的抒情
你可以骗我四月海棠正好，骗我五月麦穗喜人
骗我，你依旧爱着
我七月无端的伤悲九月身体的枯萎

经由一场雨

蛮蛮
万物可爱

经由一场雨，城市似乎一下子就老了
车流和人群仍旧追赶着各自的目的
突然有些感动，无需额外的赋予
所有的事物都拥有了最朴素的品质

如果此时有风声，一定是出于深爱
毕竟，风的质感在此刻
足以安抚孑然的一生

一场雨后，这黄昏有如冬天
大地让渡出更大的空旷，泥土裸露
一些本来的样子。多好
所有的热烈都可以借助雨声辞行
如果依旧需要返回，最好以雪的名义

六月

蛮蛮
万物可爱

白昼在六月走向了极致，赋予了
更多事物生长的起因。小满来得有些湿热
使往事在回忆里多了一份体温

六月在人间，等一场雨落下
等日薄西山，等神的惠临
等乌鸦归巢，等儿子成为父亲

六月我依旧在原地，远山在左手边
隔着城市多年的距离，往事不再构成画面
晨昏当前，我突然听到体内风吹草动的声音

武汉大雨

蛮蛮
万物可爱

像是躲避一段来世，雷电将城市高高举起
又一次，狠狠地摔了下去。时间在雨里
依旧奔涌向前，一些情绪突然在这场雨中死去

光和阴影在此刻，把你我都遗忘了
像是，遗忘一个下午的倦意

远山在城市右边，被风声遮蔽着
不再构成画面。我知道，要不了多久
又一场雷电将至，借助雨水，占领我们

法国梧桐倔强地站着，像无数老去的父亲
在雨水里，贯穿着被废弃的、相似的命运

一种具体

分别，是从遇见的时候开始的，就像
从杨柳散和风时我们便可以，预见秋天
还好土地慈悲，来年依旧会还原当时的明亮
抑或假象，但一种具体，已经足够动人

我坐在灯火辉煌处，看头顶上空云雾堆积
久了，那色泽有似冬天，深埋着
关于整个城市的假想
路边摊冒着热气，一种具体
模拟着故乡的速写

我总是用力分辨，从一棵树，一束光
一个人体内，从每一种具体中
寻找一种相似的结构

关于一个城市的假想

蛮蛮
万物可爱

她低头时，车流和人群都安静了下来
远处黄昏向晚，整个城市的夜色都逼近一种沦陷
近处的危险也在她身体里，慢慢地消融下去
这时候最好喝酒，说一些无关紧要的话

关于城市的假想都来自姑娘
或者重庆，或者长沙，以及武汉
她是时间在角落里的静态呈现
有时候，姑娘比城市更值得深爱
即使她远看秋天的目光比秋天更让人忧伤

她不怕，在南方里总有勇气去等
等一场雪的落下，冬天只是季节的古老交接
“晚来天欲雪，能饮一杯无？”
她笑的样子，像是对每一寸灯火的成全

姑娘

蛮蛮
万物可爱

姑娘，你一定读过很多书，或者
长途跋涉地爱过一个人，因为我看到
你眸子里藏着一场海棠花开
一种姿态，一直开到绝望

总是觉得你美于忧伤，这样想时
窗台上的藤蔓又长出了一截
晚上有风，山重水复，它一直都急于赶路
急于在深秋，创造一种新的战栗
急于随云逐月，趁你我还愿意相信
还愿意憧憬的时候

你看呀，河汉星辰，《诗经》一样的质朴和感动
这时候，多适合我们饮酒，读诗
以及，猝不及防地流泪
或者，你看我，我看你，听万物生长，不语人生

姑娘，我还能为你做点什么，你一定要记住
爱情不是真实的，生活才是，记住
我们和月光、和植物没什么不同，都只是
在找回家的路
姑娘呀，没等你老时，我便有些难过

说不清楚，难过，像你目光那样清澈
那样，有去无回

深秋了啊，陌生人

蛮蛮
万物可爱

一场雨挥鞭南下深入骨髓
在南方集结兵变，寒冷，在这一刻
变得尤为真切。深秋了啊，陌生人，你是否
依旧可以只身抵抗阳光与信仰的缺席

想起你时，时间又一次趋同，贴近一种熟悉
像一场雨的危险和迫切
从数千年前的商周时代开始，就远赴万里
我们，只是其中的片刻而已

风声在湖面收紧，陌生人，秋天无情
万物有心，夜来又是雨水，愿你此时念旧
此时深爱，愿你此时依旧是
一个纯良坚强的人

珞珈山上

蛮蛮
万物可爱

我们，总是在为几个瞬间生活，比如
年少许诺，比如，月色轻薄
比如，珞珈山上的桂花，开了又落

我看见十月，武汉，生活真实而普通
依旧如初，太多的人在这里告别，重逢
窗外，那些行人频繁经过，陌生而又生动
能够选择认真生活的人啊
他们，一定内心丰富

我坐在屋子里，听到秋风簌簌
还好，有灯，有火，和严寒还有一墙之隔
从来没有像现在这样渴望，如此地，急于表达
自从深入人世，曾经的家国天下都太大了
此刻，只想翻山越岭去看你

我多想，再给你唱一段《诗经》
哪怕我们都不懂，一些古老的感动依旧
就像今晚“既见君子，云胡不喜”
“死生契阔，与子成说……”

水的假象式

蛮蛮
万物可爱

我总是试图，借助一杯水去解释生活
从它的沉默、温度，以及它体内，光的停留
那里，一定藏着一场雨，或者
一场风暴一场雪的信仰，急转直下，戛然而止
只是，它从来不说

一杯水，$1g/cm^3$ 的纯净和丰盈
从屋檐滑落，那声音，来自一种古老的感动
来自，一场雨对土地的固执与深情

我们都来自雨里，终会回到雨中，全身湿透
于是懂得，衰老和时间，有时承载着
同样一个意义，即使，永恒的热烈
从来不以持续作为表达，可是雨还是会一直下
一个夜晚的距离，远远不够

借我

蛮蛮
万物可爱

把所有的可能都准备好，渐次罗列
生活宜慢，喝今天的酒，说昨天的话
如果可以，找到一条明天的退路
我知道，这是一种清贫，美好而徒劳

我对所有的遇见都报以严肃的态度
毕竟老去，或者离开，才是时间唯一的真相
你看，山川上的坟墓，山川上的房屋
山川上的四季轮回

物是人非尤其残忍，于是，学会了
和花草树木都要有所交流
造物主早就有所预言，要敬畏，要谦卑
懂得与自己为敌，才有资格谈论生活

神啊，今晚，请借我渴望，借我留白
借我一个故事谈一场恋爱
借我孤独，借我空旷
借我一次重新开始和陌生人说话
借我一个八月，等桂花
缓缓地开

学会

蛮蛮
万物可爱

秋天里，暮色陷入你骨骼深处
日子又一次走向了艰难
我们总是受困于时间的腹部，受困于
一些预期和许诺有去无回

我们长久以来反复地练习离别
反复地说起，山高水远来日方长
直到我们真的相信他们所说的
“桥梁都坚固，隧道，也都光明”

其实迄今为止，我们只拥有一种现实
但你仍然能够看见，十月，在南方
路口银杏零落，一种古老的感受
将我们等待，还有那些雨水与雨水彼此深爱

还能叮嘱彼此一点什么？多希望，未来路上
我们都能够学会，勤于勇敢，勤于善良
都能够学会致敬土地的厚重，河流的隐喻
以及，致敬一株草，高于人的谦卑

中南，中南

蛮蛮
万物可爱

白露过后，一场雨从秦岭—淮河拔地而起
占领了我们。一如我们占领高地
占领九月的危险、衰老，以及疲惫

河西也有雨，方圆三小时的感动
一种水质的温存，雨水里
新校寂寞着，完成了它的午睡

我想告诉你，路过左家垅，你一定可以途经淹鱼塘
九月了啊，我似乎还欠你一个拥抱
其实，那一个拥抱早已欠你

一种距离，两处恒定
我想，你应该懂得凭借雨水抵抗
九月的诘难，抵抗，十月的入侵

多想致信问你风雪
问你天涯，问你，游子，胡不归?

我想，思念你最温暖的方式，愿
此时你的窗外，雨水依旧冷冷地慈悲

姑娘，当你远看人群时

蛮蛮
万物可爱

总是假想你老去的样子，应该像公园长椅上的猫
平实而温暖。如果这时候有夕阳，也会因为你
变得，近于安静

尽管，眼下的天空，逼近一种沉重，一种水质的痛感
路口银杏向晚，枝头，一些金黄未满
重叠着你我早已熟稔的命运

我们总是在路口发现生活的真相，看到河水显露出
骨骼与忧伤。但你依旧义无反顾地选择热爱
选择宽恕，那样子，就像，承担一朵花的消亡

其实，比起对远方的悲悯，我更不敢
追问你的眼睛。当你远看人群时，眸子里藏着
一场雨水西倾

想起早些年，我们对万物热衷
偏爱麦地、高粱，或者一些雨水的奔忙
每每惊喜于风过时，草茎折断的声音

三月简史

蛮蛮
万物可爱

三月，风到过的地方都变得柔软起来
树枝有了新芽，新芽陪着小花
石板抱过青苔之后，又抱起了脚印
雨水，不管选择落在哪里
都会发出好听的声响
河流拥着积雪怀抱群山去了更远处
群山是善良的，供养着羊群、松柏、虫蚁
还有隐约的小路。它们在风里，也会变得柔软
柔软地吃着草、昂着头、搬着家，成为
一首绝句的出处。南归的候鸟撞上了这里的春天
嘴里的嘶鸣，突然就有了韵脚

春天深了

蛮蛮
万物可爱

春天往深处走，青山便高出了许多
雨水过后，那没有写完的诗句也走向茂盛
小叶桉枝头上悬挂的鸟窝，探出来新鲜的脑袋
叽叽喳喳的样子，像极了小时候的你我
油菜花从家门口疯长至村口，也支撑起远处的天空
水鸟站在河流低处清洗她的羽毛
轻柔的样子如同刚刚出嫁的新娘，温婉而羞涩
小蝌蚪还没完全蜕变成青蛙，拖着它小小的尾巴
仿佛季节漏出的马脚，就这样无目的地游啊游
它想要告诉你春天，是多么值得信任

女人

她身上起伏的线条和远山遥相呼应
风暴和四季都到访过他们，也留下过相似的痕迹
女人到了一定年纪会忘记性别
忘记基因加诸身上的屈辱和困顿
她像男人一样下田挖土，喝酒抽烟，从严冬到盛夏
对面的山慢慢变绿，女人以相反的姿态慢慢变老
她在早春种下的苞谷，也已经抱娃
而她逐渐隆起的腹部却只是因为简单的肥胖
在挑起两筐苞谷往家走时，她挨个儿
路过水稻田、黄豆湾，还有丈夫的坟地
扁担一摇一晃，身后的夕阳，也追了过来

夏日短章

蛮蛮
万物可爱

无非是透过石棉瓦听屋外浩大的雨水
听七月在雨里辽阔或者沸腾
无非是经由雷声抵达大海在东方
被遗忘的古远的鼾声。从种满桑树的田埂
到白桦树探寻的云边
从枝头小叶榕的哭泣到
你脚下石板路的叫喊
夏天，抵达了无数个现场
何止你看到的
那起落于祖母蒲扇下的童谣
穿过父亲肩头的江山
诸多事物总是喜欢在夏天爆裂
或者哽咽。比如云和云碰撞的尝试
比如这雨落长江，击碎
天空落下的蓝

星期天

蛮蛮
万物可爱

多适合我们去草地上午餐，晒完太阳晒月亮
无论哪个草地都可以，席地而坐
或者躺下，看肥肥的云朵相互靠近
天空的蓝一点点地往下

草地上最好有玩儿泡泡的小孩儿
放风筝的小孩儿，刨泥沙的小孩儿
这可是星期天啊，多适合他们做没有意义的事情

远处江水起落，把日子的边界线一次次拖长
我们就这样躺着，任由风亲吻草地
亲吻所有柔软的事物

4.

乡关何处

食道癌

蛮蛮
乡关何处

说起重庆，那些漫长的叙述
都是来自祖父食道癌确诊后的冬天
他不相信仪器的诊断，在中药和神婆那里
虚弱地问询。说到癌症，祖父掏出自己的名字
神婆的絮絮叨叨把祖父的绝望压得很轻，很轻

癌症晚期很少有疼痛，只是再也吃不了东西
先从食物开始，接下来是药，后来连水都咽不下去
床榻前微弱的呻吟，到最后只剩下偶尔交换的眼神
祖父走的时候是深夜，屋子里还熬煮着中药
水汽升腾，漫过墙上的钟摆，像是一种告别

多年后的冬天，我梦到祖父手提雨雾回来
当他打开门的时刻，流水刚唱完落叶的一生
是如此寂寞，以至于关于故土的回忆
我早已忘了他的癌症和绝望
只剩下祖父拐杖拄地时反复的回声

乡土祭

蛮蛮
乡关何处

祖父走了。他肩头的夕阳
是在一个瞬间坠落的，从此不再升起

我不知道如何去安慰父亲
安慰一个刚刚且永久成为孤儿的人
我也不知道如何安慰我自己
说起祖父回来，就像昨天
拐杖顶着严寒敲开的木门
只剩下冬雪灌满堂屋的回声

在南方，山水亲切
那里埋葬着我的祖父，埋葬着
我早已走失的童年。你可能无法想象
故土的老去，也是在一个人离开时发生的
当炊烟接过暮色，我的体内
再也不曾点亮当年祖父为我指认过的群星

祖父啊

仿佛冬天在祖父身上仍然没有去意
不断地添加苦难、疾病、贫穷
还有儿孙们无休止的争吵
好天气，仿佛一直在很远的地方
祖父终究是等不来了
他不再像年轻的时候，热衷于
谈论一年的劳作。席地而坐
夕阳坠落前，他望着山头，也在声声地喊娘
时间，瘦成了一把镰刀，把祖父反复收割
顺从命运，他依次交出衰老、孤独与癌症
到最后，祖父发现再也无法掏出什么
深吸一口气，他狠狠地弯下腰去
佝偻的形态，像极了夜晚来临前匍匐的群山

我的祖母

钟声响起时，祖母正在一个人下山
她去拜佛，也拜内心的不为我们所知的愿望
她老了，从祖父离开那天便开始，一发不可收拾地
苍老下去。我们之间永远隔着五十三年
隔着“大跃进”“文革”和饥荒的年代
像一条无法跨越的河流，我们各自站在河的两岸
年轻的时候，她喜欢针线活儿
我擦鼻涕的手绢儿上都有她绣的蝴蝶
简陋的针脚，单调的红色，就像祖母本身一样
祖母到家的时候，头顶的天，兀自蓝着
像是在送谁离开，又如同还在等谁归来

回乡

蛮蛮

秋天深了
一些事情不可避免地把我们推向纵深
有人失恋，有人离职
有人父亲去世
剩下他一个人跟故乡告别

他起身返乡的时候，小叶桉上挂满了雨水
儿时的玩伴大多去了城里
老屋荒废着，穿堂风好大
撞上他的时候，像是在喊谁的乳名

村庄，比父亲更先老去
小时候的冬水田如今都已经杂草丛生
他和故乡似乎也相互遗忘，面对面站着时
像是彼此身上一块破旧的补丁

刚下过雨

知了声变得稀疏，有一搭没一搭
像我们的谈话，西瓜苗在我们谈话中
又冒出一截，可着劲儿在抽芽

头顶上，石棉瓦上的雨水
沿着固有的路径推着晚风下山
打开门时，穿堂风掀起少年的衣角
让人想起多年前走失的夏天

深吸一口气，泥土的腥味儿分前调、中调
和后调，依次复述着儿时的模样
你突然问起，一个人要走多远才能
在一场雨后回到故乡

修复

蛮蛮
乡关何处

该回去了，沿着来时的路
青岛路 9 号的小卖部已经掌灯
照老旧的城市和过往的我们

如果说，默认回家是一种修复
你并不用心怀恐惧
故乡不是村庄，而是记忆
怀乡最好的方式只不过
等着月光填满你疲惫的眼睛

有故乡，听起来是一种温暖
也是一种残忍
那些越走越远的深夜时分的哭泣
请为我一一消音

他乡

蛮蛮

后来，我再没接过
父亲的扁担母亲的镰刀
都生锈了，包括故乡
只身南下，节气其实都是一样的
惊蛰，春分，清明，以及连日以来的雨水
都向河流交出了自己
他乡，也像极了故乡

站在河岸，我喊你的时候
唇齿间的乡音，是故乡在我体内
折断了再次生长
而后，日子晴朗，抬头就有风的模样
芦苇摇晃如焰火，撑起黄昏的浩荡

买菜回家

蛮蛮
乡关何处

天气是一下子变热的
狗吠，足以绊倒几声虫鸣
鸽子也倦了，蜷在屋檐下
讨论着还没来得及落下的雨水

落日在追赶车流，在枝头越陷越深
邻居依旧讨论着糍粑鱼的标准做法
鼓楼上的时钟，又敲了三声

不再是劈柴生火的傍晚
我依然沉迷于告诉你，祖母熬粥的过程
我没告诉你的是，回忆，只不过是
一个乡下孩子再也回不去的证明

乡村简史

你一定没有见过老式的屋瓦
每一滴雨水落下，都会有回声
像是情话，也像是在给未亡人喊魂

你应该很难理解，看落日
一点点遁入群山的欢喜和寂寥
是乡下孩子才懂的情绪
每一寸微光里，都住着神

听蛙声，绕着老井
唱起远古的民谣
那些没有节奏的鼓点
让乡愁，突然有了纵深

返乡曲

蛮蛮

是得有多寂寞，才能在深冬里
听见雪落下的声音
湖水和群山各安天命，守着一方的白
任由小路蜿蜒成谜

房屋送走炊烟，在雪色中隐约
土地似乎早已经忘了
那些让它在秋天里牵肠挂肚的事物
拖起雪色，融入老人的头顶

叩开腊月的，务必是
一句滚烫的情话
喃喃自语般，说给自己听

语言里住着故乡

蛮蛮
乡关何处

偶尔，我梦到，祖母用川话教我的童谣
唱到古井、桑树还有庙门和水塘
每一个词语的出处，都连着故乡

离家久了，我习惯用普通话与人交谈
偶尔平翘舌不分，词语衔接处
蹦出来乡音。我不知道如何跟别人解释
那些口齿不清的句子，在竭力地
模仿着故土的形态
蹩脚的塑料普通话，其实
也蛮好听

喊祖父吃饭

蛮蛮

祖母让我叫祖父回家吃饭
一喊，就是十七年
后来祖父老了，患了食道癌
瘦成了一个干巴巴的橘子
在窗口反复地风干自己
祖母给他做的饭
从鸡蛋面慢慢变成了稀饭
到最后，只剩下粥里的米汤
叫祖父吃饭，仍然被延续下来
从清明喊到端午，好多年
每喊一声，我就和故乡离得更近一点
远山接下落日的沉默
城市里，都陷着乡音

归途比日光温和

年少的日子贫苦、缓慢
如同把季节向四周均匀地拉长
花上好几年的时间
跟祖父学习种植、耕作
从苗苗开始
把麦子和桉树慢慢养大
所有的生命都可以从地里长出来
健硕肥大的南瓜尤其如此
奔涌着，扑向春天和秋天
祖父教我认识故土
说起夕阳沉寂，覆盖的都是祖国
我们沿着霞光往回走
讨论祖母晚上
给我们做的桐子叶粑粑
远山没入暮色
归途比日光更温和

丰收

蛮蛮
乡关何处

那个夏天的傍晚，夕阳先于我们从山头陷落
坠下的微光，让六月有些恍惚
祖父把黄豆藤连根拔起，成捆成捆地扎好
晾晒在旧式瓦房的屋檐下
让它们自己一点一点地，风干
重复这样一个动作，然后把一天耗尽
也是在这样的日色里，我开始
理解祖父和土地生命的同构
都是从干裂的皮肤里催发幼苗
然后用生命去种植它
一年来祖父最开心的当然是收获的时节
坐在和他同样干瘦的黄豆藤旁
听黄豆荚在日晒中昏睡
而后，又在热烈中一点点爆开

小葱拌豆腐

蛮蛮
乡关何处

祖父教我做菜，是我喜欢的小葱拌豆腐
从种黄豆开始，我们刨地、播种、施肥
天气好的时候还会挨个儿地翻开叶子捉虫子
祖父只知道一些朴素的道理，就像他理解种植
只不过是他小孙女游戏的部分
但他认真、严谨，每一个步骤都带着一些神圣
祖父是在春天查出食道癌晚期的
离开的时候，黄豆荚刚好干壳，走向饱满，颗颗丰盈
留下我继续种植小葱，一个人
笨拙地模仿着他，和土地较劲

后来，祖母

蛮蛮

祖父去世后，祖母跟我们搬去了城里
她不会用微信支付去买菜
不会跟着楼下的老太太跳广场舞
以前的絮絮叨叨也少了，能够跟我说起的
都是对从前的回忆，她经常想念劳作的日子
天气好的时候，头顶全是白云，目之所及
阳光是所有事物的轮廓，大黄狗摇着朝天尾跟着我们
在大长田两头疯跑，成了比天气更让人开心的理由
祖母更想念她的镰刀，月牙一样的形状和光芒
照耀过以往贫困的日子，养育出大姑、二爸和父亲
如今，当初的锄头、镰刀、犁耙都闲置在屋檐下
蜘蛛偶尔结网，刀口钝了，铁锈爬满全身

如是我闻

那时候
你真是勇敢，一次次向天空索要深蓝
芦苇荡从一而终站在那里
描述着比生活还要坚硬的水岸
灰鸟偶尔回来，探望农耕文明慢速度的劳作
祖父牵着水牛，水牛驮着夕阳，一起向后山挺进
布谷鸟还在喊"豌豆、苞谷"，喊熟了夏天
你一次次模仿它的声腔，跟着一起吆喝
然后听祖父给你讲"张飞打岳飞
打得满天飞"的故事。西南官话终究是好听的
到今天，你仍然这样认为
那时候，你单纯地以为
布谷鸟会一直唱下去
祖父和水牛，也会一直向前

大雪

蛮蛮
乡关何处

多么漫长的冬天啊，雪下成了石头的样子
陶罐的样子，栅栏的样子，电线杆的样子
雪抱着雪，以我们所能想象的姿态
惯性地往南方赶，像是为了见你
傍晚时分，风推开了门
把寒意往屋里送，悬挂在灶屋的腊肉
香气，猛地泄露了几分
河流沿着村子分布的路径，追着风雪
模拟着白蛇的形态，越是往南，风雪越小
河流断断续续，白得越是不成蛇形
祖父顶着风雪回来，身后渐冻的河流
像是被斩于他锄头之下，白蛇一截一截的肉身

桃花和栅栏

桃花睡在枝头，做着关于《诗经》的梦
灼灼其华，红过一年，又是一年
它身下的栅栏有些老了
一些腐败的物质在其体内生长
扩散成霉菌乌黑的部分
大风来袭，整个村子都陷入失守的困顿
桃花落在栅栏上，栅栏倾倒在田埂边
年轻的和衰老的都如此速朽
但这完全拦不住
村庄陷入春天的冲动

他知道

这些年，他知道
故乡一直走失在他的体内
像炊烟在半空中的消融
也是这些年，他知道
城市化进程加快并非什么坏事
但就是说不出原因
胸口有些时候总会隐隐地疼
他蹩脚的普通话在城市里
其实也勉强能够交流
但也免不了口音偶尔会引人发笑
只是后来呀
他困惑于如何教导
那满口伦敦腔的外孙女
再说说西南乡音
直到老伴儿亡故
需要一家人送骨灰返乡
故土借助他老朽的身体复活
这一刻，他终于有了理由
抱着儿子用方言，大声哭了出来

留学

你总是在生活中往返，像雏鸟般勇敢或者胆怯
折叠整个大陆作为羽翼，反复练习起飞
当然，你依旧记得母亲的话
“如果可以，要做一个善良的人”
身负古中国你漂洋过海，在异地又从头开始
练习穿越高加索山脉的飞翔
二十七年了，你双翅抖落过雪花、雷鸣还有风暴
只有在四月的某个下午，你驱车前往底特律
途遇一池湖水，猛地唤醒了你体内的村庄

土地荒废久了

蛮蛮
乡关何处

土地荒久了
容易长出悲伤的事物
比如鱼腥草、婆婆纳
还有苍耳和忍冬
它们顺着季节接连地生长
渐次交出叶子、花朵与果实
果子落地，第二年
按照以往的次序耗尽春秋
土地埋藏植被之外
也埋人。从祖父开始
接着是祖母、二叔还有父亲
他们身体在深冬入土
却在春天长出植物
起风的时候
竟然可以绿得那么悲伤那么深

我的村庄

蛮蛮

它是从祖母的山歌开始的
包括一条坑坑洼洼的环山路
门前的池塘、菜地里的草
以及院子后面的桉树
村庄总是多雨，也多雾
所以记忆里它几乎是潮湿的
这潮湿，还关乎父亲的汗水母亲的泪
严格地说，它和其他村庄没什么不同
只是作为一个承载着超出它本身分量的词语
被我从故乡带到了异乡，直到
继祖父埋在这里后
祖母也埋在这里

落日和群山

蛮蛮
乡关何处

像祖父去世后埋进了山里一样
黄昏，也把自己埋进了群山
唯一不同的是，第二天
黄昏还能活过来，沿着路线
把前一天走过的路，再走一遍
河流，顺着山势蜿蜒
如同大地交给人间的情绪
映照落日，也照群山
小时候对死亡的理解只不过
那个陪我看日落的人
不再叫我回家吃饭
直到祖母也葬进了山里
我们举家搬迁进城
才懂得了，死亡是一个孩子
失去落日和群山

听祖母讲故事

祖母依旧在院子里缝补衣服
黄昏里的光，不偏不倚地打在她褶皱的脸上
那一刻，祖母像极了中世纪西欧教堂的湿壁画
身体和影子的叠合处，泄露了神谕和光
我依旧喜欢缠着她给我讲两只水牛的故事
在既定的情节里热泪盈眶地再重复一次幼年的感伤
她必定会停下手中的针线活儿
从头说起，夕阳，拖着祖母含糊的语速
追随着鸟影，归于对面的山头

祖父说

祖父埋在村口，那是他生前自己选的地
旁边，也埋着祖父的祖父
坟地以南是菜地，祖父也曾在这里种植过
红薯、小麦、胡豆还有玉米
它们熟一季祖父就老一季，然后四季轮回
祖父说，一个人就是一个村庄本来的样子
小时候我不懂，等我懂得的时候
也只是这一刻站在祖父坟前
看菜地里的幼苗，狠狠地绿

三月底

是距离，让事物变得亲密
就像倒春寒带回的风问起桃花
花朵便没忍住对速度的迷恋
在寒意里，交出了最后的香气
我依旧在城市的腹中往返，加班、买菜、挤公交
这些重复的动作并没能让我活得更像一个城里人
更多的还是大铁门，没有放弃氧化生锈的惯性
桃花玉兰相继地开，带着一个乡下孩子朴素迟钝的
情绪
窗外，三月里肆意生长的植物
都选择在这一场风中，收紧语境
没看到月亮之前，在深夜，都不会轻易交出故乡

祖母的伤疤

蛮蛮
乡关何处

她一生养大了四个子女
其实本来是六个的
一个胎死腹中
另一个在两岁时夭折
为了养活这四个
她在三年困难时期里啃过树皮
吃过白泥巴，坐月子用米糠熬粥
她给我讲起这些的时候
我们都只是当作传奇故事在听
她还说，那时候
为了大姑有奶喝偷过公家的黄豆
小曾孙奶声奶气地告诉她偷东西不好
她捋起头发露出一寸多长的伤疤
告诉我们，这就是当年
被大队书记抓到了群殴留下的伤口
伤疤在皱纹里被折叠了很多
躺在阳光下显得有些坍塌
即使我们俯身用力去听
但依旧听不到当年的伤口为祖母喊疼

有关土地

母亲说，我出生在地里
羊水破了没来得及往家赶
此后，祖父也埋在这片地里
两块地隔得不远
春天的时候有麦苗绿野花开
会唱歌的东风从村子右边吹过来
那时候槐树总是比祖母更老
要不是抽芽了
总会以为它没有熬过冬天

高处有雨，低处有鱼虫鸟兽
不说话的时候
它们比我们更了解村庄
在送走祖父之后祖母也病了
中药渣一碗又一碗
在老屋门前砌起高高的山堆
生老病死，晚风一阵比一阵凉
土地在黄昏里有些单薄
守着日渐衰老的村庄

二元速写

蛮蛮
乡关何处

电影散场的时候，天已经暗了下来
二号线依旧沿着既定的轨道五分钟一班
小时候，顺着田埂走回家
可以在地里一直玩儿到日头将落
南归的燕子也会被它的母亲催促
从斜阳下折回，衔着新泥穿过好看的光线
从剧场回出租屋的路上
霓虹灯闪着城市的光斑
月色如水，将异乡拼接成故乡
地铁把穿过的站口缓缓推远
在速度里静止成远方的事物
收到父亲的短信，说起家乡樱桃熟了
玉米种子等着下地。所有的，都在细节处等着
一寸寸地，把春天打开

回去

年纪大了
需要一些由头才能想起一个人，一些事儿
我知道即使记忆都在那儿，但里面的人和事却很少
回来
野花仍然在原地开了很多年，直到失去了水岸
小时候的河流终究还是枯了
故乡成了随着一起挥发的字眼
等晚风掳走了夏天，大磐石上也许会爬满青苔
我们，终究会忘了来时的路，只剩下小叶桉
在风中反复地喊。我一直安慰自己
花香不会在黄昏里疲惫
养蜂人依旧还是当初的少年

村庄

蛮蛮
乡关何处

关于村庄的记忆
大多来自祖父的肩头，以及他后来的病
燕子停在屋檐上
雨水连接着我们，以一种湿润的方式
老屋窗子朝南，雨停的时候最是好看
祖父又会踩着泥泞出门耕作
脚印缝合着我们脚掌和土地的关系
后来，对于村子的回忆，被汲取、榨干
只剩下祖父坟头的杂草
在春天，尤其地茂盛

清明的傍晚

正如你所知道的，每一个黄昏都有各自的静寂
悲伤，也从来如此。燕子衔来的枯枝
应该记得它老树的年轮
被遗弃的与被深爱的，本自同根生
每一缕雾霾中，都藏着遥远的风暴
总是比严厉的父亲沉默时，更让我们畏惧
群鸟归巢，都叫着母亲
而父亲回乡祭祖，站在坟头，却没了谁
能再喊出他的乳名

合川笔记

深陷山城，它有大于丛林的隐秘
我生于此处，父亲老于此处
祖父亡故于此处，三江也交汇在这里
对城市的庇护，它始终以水的名义

小时候开始，我就模仿过河流的形态
液态的质感近于真实，母亲教我逝者如斯
那是古典对我的启蒙。但那时候母亲并没有告诉我
一江春水向东流，此去别离多

上坟

蛮蛮

祖父去世时，弟弟很小，刚学会叫爷爷
从此每年带他去坟前祭拜
告诉他祖父一生遭罪，挨过饥荒，也曾中年丧子
是从地震里捡的命。跟他说起祖父生前最疼他
弟弟其实感受并不多。看着熬过冬天的坟头杂草初生
他双手合十，学着祖母一样小声地碎碎念，离开坟地
我问起弟弟跟祖父都说了些什么，他告诉我
他只是把年前学的《岳阳楼记》又背了一遍

三月，应该回到乡下

在城市，即使风声那么密，穿过人群又抵达人群
直到吹皱了母亲的脸颊和湖心
但仍然无法让你感觉亲密
你说，这些年，异乡早已经在你身体里
生长成故土，但你仍然喜欢远山外的春天
喜欢它升腾、茂密，有泥土味儿
你应该在天黑之前赶回乡下，听种子破土的拥挤
看油菜花迎着光，驱赶着蜂群
向大地交付你久远的姓氏

奶奶

蛮蛮
乡关何处

城市，对于她来说还是过于庞大了
目前为止，学会坐地铁
用微信、刷支付宝，她已经拼尽了全力
可是仍然没有城里人的样子
即使生活依旧沿袭着以往的简朴节俭
但买菜时，她还是不会讨价还价
毕竟，只有她清楚莴笋白菜
从种子生长到菜市场的过程

村子清明

蛮蛮
乡关何处

在这里，清明很少有人送菊
大多挂清、烧纸，有时候也放鞭炮
他们祭祖大多是沿袭一种仪式，偶尔也有缅怀
田大娃的爹死得很早，喝了酒后出的车祸
肇事者逃逸，那时候，他离出生还有两个月
为了养他，他娘改了嫁。每年清明
他会背着他娘一个人去坟地。隔着黄土包，叫爹
四月了，春天很盛，但很少有人会注意到桃花已谢
梨花在枝头，撑开小朵小朵的香

祭祖

冬天最深的地方，黄昏都在打颤
时节，反复地剥开腊梅的香气
等花香散尽的时候便逼近春天

村口老槐树像无人认领的祖籍
招摇着，把雪天看遍
坟头植物早已经枯了，身体干瘦
挂满了前来祭祀人的影子

风，一声声地哽咽，代替未亡人
把疼痛再次咀嚼。枝头相互疏远
以哀歌的形式嵌入山体，看
少小离家老大回的归人，又一次离去

步入中年

蛮蛮
乡关何处

等雪降落的时候，故乡在异地，缩回到一只蜗牛的壳里
无问寒鸦死生别离，一开口，就是冬季

鸟雀投下身影，那温度到底也覆盖过一次雪天
暮光贴近中年，要有多大的勇气才能在失意时交出自己的名字

雪还在下，大地不曾拒绝如此密集的示爱
只有最圣洁的魂魄，才会迷恋已经荒废的身体

年关

从武汉到重庆，回去我们花了整整一年的时间
身体之外，雾气腾腾浸染山川河流
北站附近的重庆小面，依旧五块钱一碗

他们依旧用火锅味的方言对话，盘腿坐着
随性是重庆人对城市最忠诚的热爱
嘉陵江色何所似？朝天门朝天应答

年关回家，像一尾溯流而上的鱼
不管朝圣者是否提到梅花
我终究会赤身朝觐西南大地夭折的雪山

异乡人

蛮蛮

仅此一次，你我在雨里相互怀念
身后的槐树老得有些长不动了
流水依旧绕过长情的事物，当然也包括我们

言辞有些黏稠，驱赶着雨水往回撤
我们不再谈论群山起伏的阴影
说起故土所有的情绪，都在雨里被放大

他乡遇雨，一种有画面感的湿度
异乡人都身负城市的隐秘藏在骨骼深处
沉默如雪，直到，体内慢慢长出了故乡

乡音

荒芜，是一种疲惫
在送走最后一个老人之后
村庄也突然就——老了

不再过问小麦的翠色，或者玉米的收成
同村人在城市，需要靠蹩脚普通话里遗漏的乡音
获得，相互辨认

它们饶舌、笨拙，更是土里土气
也只有在开口的时刻，村庄一瞬地
在异乡人唇齿间猛烈复活

山城初冬

蛮蛮
乡关何处

等得太久了
第一场雪，开始在北方浩荡
山河抽象，只适宜承载关于严寒的假想
重庆冬天没有雪，放任身体里雨季的轮回
收拾起满地江湖，听风暴诉说蝴蝶的命运

我的重庆

蛮蛮
乡关何处

在重庆，秋天瓜熟蒂落
没有寓意，只是在说今年收成

雨意，即使积蓄到腊月
也不会像北方，去换一种色泽表达
依旧干净利落，但撑得起我们对严寒的敬畏

冬天最深的时候，坟头野草，老屋青苔
孩子鞭炮炸白菜，抬头是燕子，它们还记得来时的路
当然，还有正月风，聊的都是重庆言子儿

寒露以后

蛮蛮
乡关何处

傍晚那么安静
听得见影子缓缓沉入水底的声音
也是这时候我发现秋天的事物正在极速衰老
以我不能模仿的姿态坠落。一个动作便叠合了
三个季节，说什么寒蝉凄切
它们失去的毕竟是一整个夏天

日子总是教我们如何去忍耐
悲秋之感在他们看来也不过是被流水打磨过的事物
轮廓透明，像极了雨后一个幸运者的闲愁
就这样，我们坐在秋天里，像植物一样老去
并试图从明年麦子返青的仪式中获得新生

并不遥远的村庄

蛮蛮

我身体里持续的旱季早已放弃清澈
咽下咯血的愤怒带着方言
奔走故乡，明月遥指少年时
那棵松树枝头绿意
南风过境带着熟透的高粱

夜色已经陷入山头太久了，寒气
慢慢地凝聚成皮肤，沾满了星光
赶路人企图穿过比他更寂寞的田野
在天亮之前抵达异乡

土地在玉米丰收过后
便突然老去，一同老去的
还有多年前出嫁的母亲
我总是在这样的时刻想起过去
梦见并不遥远的村庄

武汉话

如果你写作，请接近方言
那是神遗留在大地上
词语的黄昏

母亲打电话问起我武汉的雨势
我给她描述雨水的愤怒和震颤
就像朝天门码头的人声沸腾
即使暴虐，都是乡音

雨水让湖北和重庆
突然有了同构性
西南椒盐普通话一出口
便撞上了武汉弯管子方言的回声

思乡人其实并不需滥情的名分
毕竟你一开口，便捕获了
古典的罪名

乡下暴雨

被雷声惊散的萤虫，终于回到油菜花体内
草木安静，以各自的天分理解着黄昏

祖母抱怨祖父把种子晾在了外面
想起的时候，一些都已经落地生根

水鸟拨开秧苗问起鱼的去处
土壤应答的，都是蛙声和虫鸣

暴雨中，事物都有了水的习性
一场大雨足以，重新命名众生
牵牛花藤蔓交相拥抱
在雨水里圈养着人类的爱情

怀乡曲

蛮蛮
乡关何处

你一旦沉默，便会被黄昏包围
从此必须承受七月潮水在身体里的涨落
待到水势退去，完成对生活的突围

如你所见，母亲已经先于槐树老去
卸下手上农事，喘息交换之间
那微弱的疲惫已经足够扎疼你

对祖母的怀念，大多来自灶头伙食
那养大了父亲的粗粮又一次喂饱了你。
村子在祖父离开之后，也变得不再年轻

田野里零星散落的蛙声唤着我儿时的乳名
倦鸟归巢后，野草疯长
留给土地夜色单薄的体温

朝圣

七月以来，水田的湿气更重了
蒸腾着稻子、猪笼草，以及她晚年的生活
吃药比吃饭更频繁一些，有时候
就连睡觉，都变成了一件艰难的事情

仿佛是一种慈悲，大多时候，她都原谅
生活给她的困境，并赋予月光善解人意的情分

又到了疼得睡不着的时候
她喜欢翻看年轻时收到的书信
字迹笨拙、简陋，大多也只是问起
那年庄稼的长势，这时候她总是喜欢逆光默读
像是一种朝圣

祭祖

蛮蛮
乡关何处

还有什么值得我们去反驳
八月，荷花已经完成了最后的盛放
即使黄昏开始走向薄凉，但仍旧收留乞丐和流浪猫

城市化进程加快后，村子反向坐落成孤岛
老狗沉默温顺，有些寂寥像是被遗弃的老人

祖母还是不肯随父亲离开
她要守着祖祖辈辈杂草丛生的矮坟
在给祖父上香的时候
看到她的手都已经瘦成了枯藤

坟头盘旋着迷路的麻雀，撞开夕阳最后虚幻的光晕
祭台旁桉树的黄叶，在此刻，突然有了归心

黄昏叙事

古井映照着缓缓衰老的谷物
蛙声四起，间歇夹着狗吠
野草和玉米相依为命
村子再一次，瘦了下去

祖母的咳嗽越发强烈了一些
不咯血还好，到底
又熬过了一个日夜的轮回

已是黄昏
尚在人间的事物都依次
走向暮年，父亲晚归
扛着，整个村庄的疲惫

追悼

我必须承认，我还是想念冬天不胜大雪的村庄
寒气凝重，都贴在皮肤上
等到灰鸟突然振翅，抖落祖母的炊烟和枝头新绿
清晨便说来就来

那时候，不必隔着车窗看雨，不必隔着雨水
观察这个世界。我们离山川土地都很近
只要父亲扯着嗓门一吆喝，就听到群山回应
聚散离合的时候，都带着井水和池塘

天空并不抽象，每一天，都新鲜而古老
我必须承认，我已经失去，并不合时宜地站在这里
看夕阳，抚平城市的边界，我再回到人群中央

说好的一月

蛮蛮

在回重庆的路上，北风灌满人群
远处，河流和山脉被削得更瘦
太阳借西斜的方式探访我们

车内，女人争吵孩子咆哮
吵吵闹闹没个消停
我突然热爱这琐碎得热气腾腾的生活

母亲打来电话问起行程
光的质感又一次覆盖着我们

窗外，一月，高铁北上
我们都变成了有故乡的人

年后离家

蛮蛮
乡关何处

不能盯着父亲看太久
会压疼暮年抖落在他脸上的黄昏
这些年我对于他都羞于表达
开始说想他也是他生病之后的事儿

老去的形式有很多种
父亲选择的是隐忍和木讷
就像，他来接我回家时
就只带了一身的病

母亲也变得话少了
我出门前她的叮嘱
也只是重复去年已经说过的
我也沉默着
以便更多的风可以漏下来
填补他们衰老的细节

正月

故乡的春天，最早从祖父坟头复活
借草色开始重新点燃
破土的油菜代祖父，又一次掌管人间

贫困和生死依次回到台阶之下
你打开一颗小麦，便完成了季节和命运的交接

梧桐又一次把时间咬进年轮
初生的叶子上，只留给你好看的光阴
至于疼痛那不为人知的部分
偷偷地，都托付给了风声

野草

蛮蛮

野草及腰了
风起时，声音很大，簌簌当归
当年，我还不及满地杂草
那时候，祖父还在，只有他高于野草

他会教我指认每一株植物，辨识节气和山川
我是他手间的温度，是他肩上的暮年、坟上的草

祖父老了，野草漫过秋天
祖父走了，野草便是乡关

黄昏祭祖

落日成雪，覆盖着山形曲折
白鸟晚归时，冬天已经深入人间
祖父从墓碑往回撤，退回到东风剥落梨花
他还抽着水烟，给我哼着摇篮曲

晚风更大了一些，不断地
消融着老树和枯藤。似乎有雨
但迟迟并未落下，我起身的时候
膝盖印着石阶古旧的折痕

野草在深秋，似乎还在疯长
我终究躲不过相似的面孔
延续着祖父的命运，在人世
和草木互换着身体和疼痛

雾

蛮蛮
乡关何处

短暂地，覆盖人间疼痛，以一种色泽虚构暴动
雾锁山城，缓慢地，等彼此深入时
你便拥有了冬天，便可以像植物一样专注于高处
以分子的体量，深入万物

在重庆，你可以忘记嘉陵江，忘记洪崖洞，甚至朝天门码头
即使如此，你也必然获得雨雾的属性与名分
借水性的质感，从事生活

十月风凉

祖父坟头的荒草，到十月才停止疯长
从枯黄回到单薄与沉默
那过程，多像，祖父离开以后我的模样

说这话的时候，我站在山上，和祖父隔着整个人间
风把我吹得越来越低，也越来越瘦
低瘦成了一种此岸的抽象

“一二三四五，上山打老虎……”
风的那边，祖父在唱
“老虎要吃人，黑了要关门……”
重庆的十月，祖父一人，一坟
已足以构成故乡

深秋叙事

蛮蛮
乡关何处

深秋里，微风贴切，落叶开始从枯败走向腐烂
其实每一片深黄都曾拥有整整一个夏天
这是十月深处，我唯一能够确定的事情

黄昏斜躺在枝头，挂着整个城市的重量
我看到，微光在母亲肩头折旧。就那么一瞬
她似乎承担了全人类的衰老

风，更大了一些，湖面和人群被吹出不同的形状
还差一场冷雨，把我走失的游子
还给我走失的故乡

都会回来的

蛮蛮
乡关何处

都会回来的，在某个南方的下午
父亲捡起枯木往老灶里又送了一截柴火
祖父抽着水烟，复制着远山的沉寂
畸零人的故乡呀，我在拥有时已经失去了你

我身体里依旧奔涌着重庆的雨雾
只要一开口，词语必然带着疼痛的出处
口齿间停顿，多像母亲油灯下针脚的错落

都会回来的，在某个南方的下午
祖母依旧教我辨认每一株植物的名字
看生命在麦芒和稻穗间返回春秋
看夜色四合，将小叶桉树上的黄昏推向了更深处

车过重庆

蛮蛮

又一次遇见，像是和一些词语重逢
年轻的你我已经开始怀旧，说这话的时候
车窗外，雨雾让重庆倍感孤独

二十四岁，质地很轻，倾向于生活的内部
类似于雾锁山城时嘉陵江横过的风声
但终究无法认领一份重量，不管是清晨，还是黄昏

车过重庆，穿过人群
祖父和土地，村庄以及回忆，这些词语
在这一刻都不能上身。城市突然变得危险
我也是它危险本质的部分

雨雾

雨雾在重庆，承担了人间两地的悲欢
我从一场雨里返回。回到山城，回到故地
抵达母亲，抵达二十四年前的那场雨
下得似乎更大一些，雨里，无问离愁，只有生死

背过身去，我揣着母亲给我的名字，离开山城
离开，才是对故乡最真实的确认
我看着父亲，他望着祖父的坟

雨雾是五月
雨雾是今生的无法穿越
雨雾在原地
雨雾在重庆一去不回

迎春花

二月，你来信，说后山的迎春花长得很好
那么拥挤，那么热气腾腾
你路过的时候，它们自顾自开着，凶猛地开着
恨不得把旁边的水竹林拉着一起开花
只有偶尔风来的时候
它们才回过神来，微微地，点点头
小时候不知道它们的名字，只晓得它们
是勇敢的，任性的。在乡下，它被归为杂草的一种
假如长在田里，必定会被连根拔出
你若是看到了灿烂的迎春花
肯定是在一开始它就选择了无用
只有不占用资源，它才能用心地活着
生猛地活着，开出那些目中无人的小黄花

消失

窗台那支藤蔓从茂盛走向枯萎
悄无声息，消耗了一年的光景
祖父手栽的桑树如今也只是废柴
成捆成捆地堆在屋门前
父亲带着我们举家迁往城市
屋子长期没有人入住
黑瓦和房梁，好多都垮了下来
老屋也只剩下苔痕上阶绿
还好往年燕子还是记得来时的路
重返村子的人问起祖籍
草色，又往外漫出了几分
唯有春风还像当年一样柔软
在头顶，唱着儿时的歌

白湾村

风在这里，小心翼翼地摇一株草
也猛烈地摇一棵树，摇得最厉害的
必须是门前的电杆。面对不同的事物
风有不同的习性，白湾镇多风
正如你看见的，竹笋在风里拔节
稻谷在风里抽穗，苞谷也在风里抱娃娃
风雨如晦在这里很常见，大的时候
直接掀瓦吹翻屋顶的茅草，这时候
唯有婴儿的哭泣，才能压低门外的风声

合川

流经合川的涪江，也流经我的体内
江水装游鱼、轮船和楼群的倒影
大多时候还装着白云、水杉，还有满天的星星
我想我是爱合川的，每次介绍完我来自重庆以后
还会无意识地补充一句，合川人
其实它也靠近四川，火锅偏麻，老麻抄手尤其如此
因此出走合川，我拥有了川渝的两重身份
最让人遗憾的是，冬天没有雪，小雨茂盛
漫天的白雾抱着二桥，让我们看不真切
但也还好，每一次谈起故土，都会有
流水和雨雾，和我相依为命

康家湾

蛮蛮

人走后，这里的草长得很好，和人群一样热闹
马唐、狗尾草、牛筋草、车前草、蒲公英
它们有人一样好听的名字
和我们一样，喜欢露水和夕阳

人走后，鱼塘的鱼也长得很好
黑黢黢的，一群接着一群
桉树、松柏、棕榈还有竹林也都很好
它们对我们的需求远远小于我们对它们

人走后，它们荒芜得热气腾腾
只有起风的时候，它们呼呼地摇晃
康家湾的风，一般都很大，簌簌，萧萧
一遍又一遍，像是在喊谁回家

冬水田

蛮蛮

想念冬水田了，田里藏脚印
也藏黄鳝、泥鳅、蚂蟥，还有重庆丘陵的倒影
白云偶尔也路过，肥肥的，影子下适合螃蟹藏身
多少年了，祖父都是在冬水田里种植水稻
也被水稻反向种植，我们吃的用的
大多都是来自地里，土地永远比人类值得信任
每到一个季节，它都会呈现出不同的谦卑
如今村里没人了，冬水田总是干涸，荒芜丛生
白茅是其中最丰茂的一群，花絮轻柔，根茎甜蜜
土地在我们离开以后依旧守信
并不偏心地滋养万物，那些当年被遗弃的杂草
在这里终于拥有了被善待的姓名

邻居

蛮蛮
乡关何处

我的邻居搬走了，什么时候搬走的我不知道
我只知道她姓郭，二十出头
怀孕，喜欢穿长裙，爱点外卖
她的门口向阳，迎着光，种了一株爬山虎
顺应季节，总能交出好看的姿态
我们保持最多的就是眼神交流，会意地笑笑
从她姣好的身材到腹部高高隆起
彼此之间不曾说上五句话。就连姓郭
还是在她扔在走廊的外卖垃圾上看到的
我们保持着相似的默契，这让我有些难受
毕竟，我们都曾来自乡下
那邻居家炒菜多放了肉都会送一碗过来的乡下
那丢了只鸡会指桑骂槐问候祖宗的乡下
城市人口密度太大了，人与人之间都很友善
但这友善必定包含了克制，包含了必要的距离

我见过

我见过最好看的夕阳，是从祖父肩头看过去的
那时候，我比群山高，天空也是触手可及
至于河流，我从小就意识到
河流永远是可信的，它在低处，牵着
落花和云朵的倒影，往前，勾勒出群山的轮廓
给我哼叮咚叮咚的摇篮曲，像课本描述的那样
那时候，祖母教我吟唱：“月亮走我也走，
月亮陪我走到家门口。”我和月亮的关系
与邻家小朋友没什么不同
山川大地，日月星河，都在那里，把我等待
那时候，萤火虫会发光，弟弟的眼睛也会
走在路上，狗尾巴草迎风摇起尾巴
月亮一天胖过一天，祖父祖母都会指给我看
毕竟，在我们看来，这些都是值得欢喜的事情